너를 기다리다

리 고토미 지음

서지은 옮김

너를
기다리다

1

동의도 없이 아이를 마음대로 낳았대! 냉장고를 뒤적이던 리리카가 말했다. 그녀의 다음 말은 눈사태처럼 와르르 쏟아지는 매미 울음소리에 묻혀버려 들리지 않았다.

응? 누구 말이야?

매미 소리에 지지 않으려 나도 고함치듯 물었다.

회사 탕비실 창문은 가로수에 바짝 붙어있는 데다가 나무마다 매미가 잔뜩 살고 있는 탓에 한 번 울기 시작하면 대화가 어려울 정도로 시끄러웠다. 사실 매미 울음소리를 들을 기회 자체가 현저히 줄어든 요즘 같은 시절에 이토록 성대한 울음소리라니 매우 드문 일이기는 했다. 지구온난화 때문에 최근 몇 년 도쿄의 여름은 열의 외피를 두른 듯 뜨거웠고 여름 곤충인 매미마저 더위를 견디지 못해 예전만큼 울지 않게 되었다. 이대로 가면 매미는 더 이상 구애행위를 할 수 없게 되어 멸종을 피하지 못할 거라는 이야기를 TV에서 본 적이 있다. 다만 올해는 장마가 길어 여름이 예년보다 덜 더워 그런지 이 기회를 놓칠세라 매미들이 일제히 구애의 목소리를 내고 있었다.

고노 부장 알지?

식후 디저트로 푸딩을 꺼내 자리로 돌아온 리리카가 푸른 눈을 깜박이며 안타깝다는 듯한 표정으로 말을 이어갔다.

아야카, 설마 아무것도 모르는 거야?

으응. 리리카는 뭔가 들은 이야기라도 있어?

나는 밥을 마저 삼키며 답했다.

에반스 리리카는 나와는 입사 동기로 경리과 소속이다. 입사 때부터 죽이 맞아 매일 회사 탕비실에서 함께 점심을 먹은 지도 어느새 6년이라는 시간이 흘렀다. 내 성씨는 '다치바나'로 둘 다 이름에 꽃 화(花)가 들어 있어서인지 회사에서는 꽃자매(flower sisters)로 통하고 있지만 어감이 촌스럽고 부담스러워 아무리 그런 호칭에 거북한 티를 내봐도 아무도 그 말을 귀담아듣지 않았다.

무엇보다 리리카와 나는 전혀 자매처럼 보이지 않는다. 그녀는 미국인 아빠와 일본인 엄마 사이에 태어난 혼혈로 외모부터가 달랐다. 남태평양을 고스란히 담은 듯한 푸른 눈동자, 조각 같은 이목구비, 또 어디서나 눈에 띌 정도로 길고 맵시 있는 몸은 아빠 쪽, 매끄러운 피부는 엄마 쪽 유전자일 터였다. 반면 나는 양친 모두 일본인으로 지극히 평범한 외모의 소유자라 그녀와 나의 이미지는 달라도 너무 다르다.

푸딩 뚜껑을 따던 손을 멈추고서 리리카는 내 귀에 입을 가까이 대고 소근거렸다.

고노 부장이 강제출산 죄로 기소를 당한 바람에 지금 총무부가 발칵 뒤집어진 모양이야.

뭐라구?!

리리카 입에서 흘러나온 불길한 울림의 단어에 젓가락을 든 내 손은 허공에 뚝 멈추고 말았다. 고노 부장은 우리 사무실과 이웃한 총무부 소속으로 쉰 전후의 남자다. 그는 업무적으로는 나름 상부의 인정을 받고 있었으나 부하 직원들에겐 고압적인 태도를 보여 그리 호감 있는 상사랄 수는 없었다. 그런 그가 2주 전부터 회사에 전혀 출근을 하지 않고 있을 뿐 아니라 연락조차 없는 상황이라 지금 어디서 무엇을 하고 있는지 직원들 사이에서는 이런저런 카더라 통신이 도는 참이었다. 그의 무단결근 사유에 대해 저마다 이런저런 상상력을 발휘했지만 아무리 그래도 리리카가 전해준 정보는 예상을 완전히 뛰어넘고 있었다.

강제 출산이라니 아무리 그래도 너무 선을 넘었는데! 믿을 수 없어.

뭐, 나도 어디선가 들은 소문이라 확실하진 않아.

리리카는 태연한 표정으로 뚜껑을 따고 푸딩을 떠먹기 시작했다.

그치만 아니 땐 굴뚝에 연기 나랴, 이런 말도 있으니 뭐가 되었든 그런 말이 퍼진 이상 회사에 다시 돌아오기는 어렵지 않겠어? 공석이 된 부장 자리에 누가 올지 다들 그걸로 시끄럽더라.

강제출산에 비하면 다음에 올 부장이 누구일지 알게 뭐람, 속으로 이런 생각을 하는 동안 혼란한 마음이 차츰 평정을 찾기 시작했다. 남은 밥에 녹차를 부으며 물었다.

세대 차이 같은 걸까?

글쎄…

리리카는 고개를 갸웃거렸다. 유리창으로 쏟아지는 햇살이 그녀의 찰랑이는 긴 갈색 머리에 반사되어 얼굴 뒤로 둥그런 원을 그리고 있었다.

세대 차이라니 그렇게 늙은 나이는 아니지 않나? 우리 부모보다도 젊은걸!

하긴 건 또 그렇기는 하네… 아님 혹시 무차별 출생주의자?

도시락 통을 정리하며 나는 말을 이어갔다.

언젠가 그런 주장을 펼치는 신흥 종교집단의 움직임이 활발

하다는 이야기를 뉴스에서 본 것도 같거든. 그런 종교에 빠진 건 아닐까 해서.

그런 낌새도 없었나 봐. 회식 자리나 모임에서 부장에게 그 비슷한 이야기도 들어본 적이 없었대. 같은 부서 직원 부인이 출생취소 수술을 해야 해서 함께 있어줘야 한다고 했을 때도 흔쾌히 허락한 모양이야. 상심이 크겠지만 곁에 있어주라며 친절하게 그런 말까지 하더래. 만약 그가 그런 종교에 빠져 있었다면 최소한 싫은 표정이라도 보이지 않았을까?

리리카, 거기까지 알고 있다니 과연 정보통이야!

아냐 아냐. 총무부에 지인이 몇 명 있어 그렇지 뭐.

내 그런 말에 리리카가 멋쩍은 표정을 지으며 다 먹은 푸딩 용기를 개수대에서 헹구고는 화제를 돌렸다.

뭐 다른 사람 아이보다 중요한 건 내 아이 아니겠어?

당연하지!

프랑스 남자와 결혼한 리리카는 현재 임신 5개월로 이변이 없는 한 올겨울에 출산할 예정이다.

검진 결과는 괜찮은 거지? 세계 생존난이도 지수가 또 올라서 뉴스에서 보니까 0.3포인트였나, 그렇대.

응, 괜찮을 것 같아. 태아 생존난이도는 아직 낮은 편이라 이 정도 수준이면 거부 확률은 걱정 안 해도 될 것 같다고 담당의가 그러더라고.

푸딩 용기를 쓰레기통에 버리고 자리로 돌아오며 리리카는 그렇게 말했다.

나야 그렇다 치고 자긴 어때? 지난 달에 사랑하는 배우자님과 임신수술 하고 온 소식 좀 전해주시죠?

어머, 아직 아무에게도 말 안 했는데 어떻게 알았어?

깜짝 놀란 내 목소리가 한 톤 올라갔다. 딱히 숨길 생각은 아니었지만 회사에 알리는 건 조금 시간을 두고 할 작정이었다.

지난 달에 휴가 쓰고 온 다음 날 얼굴이 아주 밝고 부드러워 보였어. 본인은 의식했는지 모르지만 엄청 배를 쓰다듬는 걸 봤거든. 그래서 알았지. 아, 이 친구 배 속에 새 생명이 있구나 하고.

장난꾸러기 같은 미소를 지으며 리리카는 누구에게도 말 안 했으니 안심하라는 말도 덧붙였다.

역시 리리카는 속일 수가 없다니까! 적이 아니라 얼마나 다행인지!

작게 한숨을 내쉬며 리리카에게 항복했다.

리리카님 말씀대로 지난 달 임신수술을 하고 왔습니다. 아직

한 달도 되지 않아서 검진이고 뭐고 할 수도 없지만 우선 착상은 순조로운 느낌이야.

얼마나 행복해!

이렇게 말한 리리카가 내 옆구리를 간지럽히기 시작했다.

뭐 하는 거야, 나도 웃으며 반격했다.

행복한 건 우리 서로 마찬가지잖아!

리리카는 나보다 간지럼을 더 많이 타는 데다 특히 겨드랑이 부분이 취약한 걸 알고 있던 터라 그곳을 집중 공격했다. 그렇게 간지럼 전투를 이어가던 우리는 결국 둘 다 견디기 힘든 지경에 이르러서야 휴전협정을 맺었다.

그건 그렇고,

호흡을 가다듬은 리리카는 갑자기 진지한 표정으로 자기 배를 쓰다듬으며 다음 말을 이어갔다.

지금처럼 솔직하게 출생을 기뻐할 수 있게 된 것도 모두 합의 출생제도 덕분이야. 서로 합의되지 않은 출생 리스크를 없앴으니까.

리리카의 그런 어조에 물들어 내 기분도 차분해졌다.

정말 그래. 합의 없는 출생은 최악이야. 하물며 강제로 출산을 한다는 건 부모로서 용서하기 어려워.

우리 둘 다 별 탈 없이 출산하면 좋겠다. 그럼 함께 축하 파티라도 하자!

점심 시간이 거의 끝나갈 무렵 사랑하는 남편이 손수 싸줬다는 도시락 통을 정리한 리리카는 휴게실을 나서서 사무실로 향했다. 시간의 흐름과 함께 나직하게 이동한 태양의 각도 덕분에 금빛 광선이 마침 내 배를 비추고 있었다. 이 따스한 빛 안에 작은 생명이 조금씩 자라고 있다고 생각하니 심장이 꾸욱 조여오고 코가 시큰했다. 임신 한 달도 채 지나지 않아 아직은 태동조차 느낄 수 없지만 여기엔 분명 축복의 씨앗이 심어져 있다. 괜찮을 거야. 너의 의사는 꼭 존중할 테니. 절대 강제출산 같은 건 하지 않을 거니까 안심해. 우리 함께 천천히 가보자. 배를 쓰다듬으며 언젠가 만나게 될지도 모를 새 생명을 향해 마음의 소리를 전했다. 잠시 조용하던 매미 떼가 다시 일제히 큰소리를 내며 울기 시작했다.

일본에 '합의 출생제도'가 확립된 건 내가 태어나고 얼마 지나지 않은, 그러니까 지금부터 약 28년 전의 일이다. 50년 전

'잃어버린 30년'이 거의 막바지에 다다랐을 무렵 시작된 전염병은 재앙이 되어 전 세계를 혼돈의 도가니에 빠뜨렸다. 팬데믹 종식 선언까지 거의 5년이 걸렸고 그동안 전 세계 인구의 3분의 1이 사라졌다. 이미 불황에 시달리고 있던 일본경제는 그로 인해 바닥까지 침몰했다. 국민들은 직업을 잃었고 식량 부족 사태까지 발생해 거리 곳곳에 병과 굶주림으로 사망한 시체를 보는 일도 드물지 않았다.

전염병이 끝나자 대응 실패의 책임 등을 이유로 정권 교체가 이루어졌다. 그전까지 배타적이던 국정 기조가 완전히 뒤바뀌고 새로 들어선 정부는 일본보다 앞선 나라의 여러 가지 사례들을 도입했을 뿐 아니라 일본으로 이민 오려는 외국인을 적극적으로 받아들였다. '일본 땅의 주인이 곧 외국인으로 바뀔 위기!' 이렇게 주장하며 일부 보수파에서 반대운동을 벌이기도 했지만 결과적으로 일본에 유입된 이민자들로 인해 일본경제는 회복을 뛰어넘어 '제2차 고도경제성장'이 현실화되었다. 국제결혼 붐이 일어나기까지 그리 긴 시간이 걸리지 않았고 지금은 일본 국민의 과반수가 혼혈로 태어난 아이들이라는 데 반박할 사람은 아무도 없다.

전염병이 돌던 시절엔 그 유례를 찾아볼 수 없을 정도로 죽음이 바로 곁에 존재하고 있었다. 언제, 어디서, 어떻게 죽는다 해도 하등 이상할 게 없는 기괴한 현실 앞에서 사람들의 삶과 죽음에 관한 의식 또한 크게 변화했다. 그전까지만 해도 언젠간 죽음을 맞이한다는 사실을 머리로는 알고 있어도 막상 나와는 먼일인 것만 같았고 거의 무조건적으로 생을 찬미하며 죽음을 터부시하는 경향이 강했다. 그러나 병마로 인한 고통과 죽음의 예측 불가능성에 직면한 사람들은 이제 죽음이 먼일이 아닌 '나의 일'이라 여기기 시작했다. 적어도 죽음의 순간과 장소, 죽는 방법 정도는 스스로 정하고 싶다는 갈망을 품게 되어 그 결과 안락사의 합법화를 요구하는 목소리가 거대한 해일을 이루며 전 세계적으로 퍼졌다. 이런 흐름을 대표하는 가장 유명한 이름인 로건은, 'Retrieve the Death Autonomy from the Moirai(죽음의 자기결정권을 운명의 여신으로부터 돌려받자)'라 외치며 '자유'라는 꽃말을 가진 아스틸베가 이 운동의 상징으로 자리잡았다. 이를 계기로 수년 후 전 세계 주요국에서는 하나둘씩 안락사 법안이 통과되었고, 죽음을 희망하는 이들은 별다른 이유가 없어도 돈만 지불하면 누구든 고통 없이 이 세상과 작별할 수 있었다.

죽음의 자기결정권을 손에 넣은 사람들은 이제 생(生)에 대해서도 세계관을 바꾸고자 했다. 당시 미국에서 있었던 획기적인 재판이 발단이 되었다. '내 동의 없이 나를 낳았다'라는 이유로 한 남성이 자기 부모를 고발한 사건으로, 10년간 이어진 재판 끝에 그 남성이 승소해 연방최고법원은 부모에게 지금까지의 재판비용과 남성의 안락사 비용을 지불하라는 판결을 내렸다. '합의 없는 출생 재판'이라 불리는 이 사건은 '생의 자기결정권'과 관련해 여론을 크게 자극했고 '태어나지 않을 권리'를 인정해야 한다는 움직임이 전 세계적으로 퍼져 나갔다. 그리고 마침내 태어나기 전 태아에게 출생 의지의 유무를 확인할 수 있는 기술 개발을 목표로 한 연구 프로젝트가 시작되었다. 수년 후 일본 연구팀은 현 세기 이전의 언어학자 촘스키가 제창한 '보편 문법'이라는 개념에 착안해 유의미한 성과를 일궜다. 보편 문법이란 인간이라면 저마다 보편적으로 갖추고 있는 추상적인 고유문법을 뜻하는 말로, 인간이 유아기에 제1언어를 효율적으로 습득할 수 있는 까닭은 이런 보편 문법을 이미 지니고 있기 때문이라는 개념이다. 일본 연구팀은 임신 9개월의 태아에게 이미 보편 문법이 형성되어 있다는 점에 주목, 그 문법을 해석해 태아와 간단한 의사소통이 가능하다는 연구 결과를 발표했다. 이는 곧 전 세계적으로 환영을 받으며 노벨상까지 수상했다. 반년 후에는 태아에게 출생 의지가 있는지 없는지 확인할 수 있는데 필요한 해독 기술까지 개발해 상용화되었다. 이와 발맞추어 각 나라에서 '합의 출생제도'가 차례차례 합법화되었다.

일본에서는 '무차별 출생주의자'라 일컫는 보수파(그들은 자신을 자연 출생주의자라 부르지만)의 강한 반발이 있었으나 바뀐 정권은 새로운 사조를 속속 도입했다. 사실 이와 관련된 기술 자체가 일본의 연구 성과에 기반한 것이었기 때문에 일본 정부는 합의 출생제도를 수용하는 데 누구보다 적극적이었다. 그 결과 일본은 세계적으로 이 법안을 세 번째로 확립한 나라가 되었다. 세계 주요국의 대부분이 이 제도의 법제화를 완료한 그다음 해에 미국 대통령은 공식석상에서 이와 관련한 이런 언급을 한다.

지금까지 인류의 역사는 시간에 있어 자신의 의지와는 무관하게 삶을 강요당했습니다. 출생을 비롯, 걸핏하면 커다란 불이익에 노출되어 인간으로서 영위를 억제당해 왔습니다. 함무라비 법전에 따르면 아이를 부모의 소유로 취급해 출산은 재산을 형성하는 것과 같은 의미를 지닙니다. 가축을 번식하는 것이나 매한가지였던 것입니다. 근대 이후 우리 인류는 부단한 노력을 거쳐 자유와 평등의 가치를 격상시켜 왔습니다. 그럼에도 생의 자기결정권이라는 성역까지 도달한 적은 단 한 번도 없었습니다… (중략) 합의 출생제도의 확립을 통해 이제 인류는 삶과 죽음에 있어 궁극의 단계, 즉 생과 사의 자기결정권을 완전히 손에 넣는데 성공했습니다. 이는 인권 회복이라는 점에서 프랑스혁명 이후 인류 역사상 최대의 성과라 해도 과언이 아닙니다.

미국 대통령의 위 연설문은 현재 모든 중학교 교과서에 실려있을 뿐 아니라 초등학교 고학년이 되면 알기 쉬운 단어로 '합의 출생제도' 관련 교육을 따로 받는다. 과거엔 태어나지 않을 권리나 생의 자기결정권에 대해 제대로 생각하지 못했기 때문에 아이들은 자기 의사와 상관없이 태어날 수밖에 없던 가엾은 시기였죠, 5학년 때 사회 선생님이 수업시간에 들려준 이 문장을 지금도 기억하고 있다.

아이를 인간으로, 또 하나의 생명으로 보지 않았기 때문에 인권이라는 개념도 없었어요. 저마다 다들 원하는 것들이 있죠? 장난감이나 용돈 같은. 돈을 벌고 싶어, 장난감을 갖고 싶어, 맛있는 걸 먹고 싶어, 재미있는 만화영화 보고 싶어. 옛날 사람들은 이런 느낌으로 아이를 갖고 싶다고 말했어요. 가문의 대를 이어줄 아이, 가업을 물려받을 자식, 노후에 나를 돌봐줄 가족, 일손 늘리기 등의 이유로 제 마음대로 아이를 낳는 사람이 많았습니다. 당시 사람들에겐 강제출산이라는 개념 자체가 아예 없었기 때문에 아이의 의지를 확인하지 않고 출산하는 걸 '강제'라 부르지 않았죠. 지금과는 정말 많이 다르지요?

선생님!

반에서 성적이 가장 우수한 한 소녀가 손을 들고 질문을 했다.

태어나고 싶지 않았는데도 태어난 아이는 어떻게 하면 되나요?

안타깝게도 별다른 방법이 없어요.

자못 유감스럽다는 표정으로 선생님은 말을 이어갔다.

안락사나 합의 출생제도가 아직 확립되지 않았던 선생님의 어린 시절엔 자신의 의지와 무관하게 태어난 사람들은 그저 열심히 살아가거나 자살할 수밖에 없었어요. 그래서 자살률도 높았죠. 지금이야 안락사라는 선택이 가능하지만 비용이 많이 들기 때문에 이 또한 간단히 선택할 수 있는 문제는 아니죠. 합의를 통해 태어난 세대가 아닌 내가 지금까지 이만큼 무사히

17

살아올 수 있어 정말 운이 좋았다고 생각해요.

여기까지 말을 마친 선생님 얼굴에 문득 어두운 그림자가 드리웠다.

그러고 보니 여러분 중에도 법이 생기기 전, 의사를 확인받지 못하고 태어난 친구들도 있겠군요…

합의 출생제도는 딱 내가 태어난 그해에 생겼기 때문에 내 동급생 중엔 제도 이전에 태어난 아이와 제도 이후에 태어난 아이 둘 다 있었다. 나는 아슬아슬하게 확인 후 태어난 쪽에 속한다.

의사를 확인받지 못하고 태어난 경우 앞으로 여러 가지 어려움을 겪게 될지도 몰라요. 정말 괴로울 때 안락사를 선택하는 건 절대 비겁한 행동이 아닙니다. 물론 선생님은 무엇보다 여러분 모두 열심히 살아가기를 바랍니다. 그리고 어른이 된 후 아이를 낳을 때는 무조건 아이의 의사를 존중해야 하고요. 사람에게 삶을 강요하는 건 목숨을 빼앗는 살인에 다름없습니다. 모두 잘 알겠죠?

교과서 본문 옆에 있는 작은 칼럼에는 '강제출생에 관한 법률'이라는 제목 아래 형법 조항이 기재되어 있었다.

제366조.

1. 자녀에게 출생 의사의 유무를 확인하지 않거나 자녀에게
   출생 의사가 없음에도 불구하고 출산을 강행한 자는 무기
   또는 5년 이하의 징역에 처한다.
2. 전항의 출산 사실이 있을 경우 배우자 또한 현재 혼인관계
   유무와 무관하게 전항과 같이 처벌한다.
3. 스스로 생식능력을 포기한 후 재범을 저지르지 않겠다고
   서약한 경우 형량을 감하거나 면제할 수 있다.
4. 본 죄는 고소 없이 공소를 제기할 수 없다.

그 아래에는 형사책임과 별개로 민사재판이 진행될 경우 강제출생 자녀의 안락사 비용을 부담해야 한다는 부대조항이 함께 쓰여 있었다.

나는 출생 의사를 확인받고 태어나 다행이라고 생각한다. 내 의지로 태어난 덕분에 내가 사는 세계를 진심으로 사랑할 수 있을 뿐 아니라 삶을 오롯하게 기뻐할 수 있었다. 물론 살아가는 동안 크고 작은 좌절은 있었다. 부모님은 언니만 편애했고

내게는 엄격해 괴로운 유년을 보냈다. 고등학생 때는 좋아하던 선배에게 고백했다가 실연을 당하고 깊은 슬픔에 빠진 나머지 일주일 동안 내 방에 틀어박혀 제대로 밥을 넘기는 것도 힘들었다. 또 고3 때는 대입 시험에서 어처구니없는 실수 때문에 근소한 차이로 제1지망 대학에 불합격해 너무도 괴로워서 손목을 긋고 싶었다. 본가에서 독립해 도쿄에 올라와 살던 대학 시절 심한 감기에 걸린 적이 있는데 폐렴으로 번져 아무도 없는 방에서 혼자 끙끙 앓던 때는 이렇게 고통스러울 바엔 차라리 죽는 게 낫다고 생각했다. 지금이라 해서 삶이 늘 평탄한 것만은 아니다. 회사 내에서의 인간관계나 업무에서 내 능력을 제대로 평가받지 못하는 상황, 업무 스킬이 생각만큼 향상되지 않는 것 등. 직업상의 고민 역시 셀 수 없을 정도로 많다. 그럼에도 어떤 좌절이든 감당하려 애쓰는 이유는 이 삶은 그 누구도 아닌 나 스스로가 선택했기 때문이다. 내 삶은 처음부터 끝까지 전부 내 것이라는 사실이 나를 지탱하는 가장 큰 힘이 돼 주었고 태어나기 전 '동의'를 받았다는 증거인 '출생 동의 증명서'는 지금까지도 소중히 간직하고 있다. 의사를 확인받지 못한 채, 혹은 자신의 의지에 반해 태어나버린 아이들은 살면서 괴로운 일과 맞닥뜨릴 때 대체 무엇에 의지해 살아가야 하는 걸까? 내게는 상상조차 못 할 일이다. 만약 나라면 내 삶과 그런 삶을 강요한 부모를 원망했음에 틀림이 없다. 실제로 출생 의사를 확인받지 못하고 태어난 사람은 그렇지 않은 사람보다 자살이나 안락사 비율이 높다는 통계 결과가 있다.

무엇보다 '합의 출생제도'는 아이만을 위한 제도가 아니다. 내가 임신해보고 나서야 비로소 알게 된 사실 하나는 이 제도야말로 부모에게 더욱 필요하다는 점이다. 부모라면 내가 낳은 아이가 행복해지길 누구보다 바란다. 내 아이가 자신의 삶을 싫어한다면 부모는 깊은 비탄에 빠지고 말 것이다. 또한 '합의 출생제도'가 없던 시절엔 아이가 선천적 장애를 가지고 태어나면 그 부모는 아이에게 건강한 몸을 주지 못한 걸 무척 자책했다고 한다. 하지만 지금은 다르다. 아이가 자신의 의지로 태어났음이 증명된 이상 부모의 심적 부담은 크게 줄어들었고 진심으로 내 아이의 탄생을 기뻐할 수 있게 된 것이다.

그날 수업에서 선생님은 뿌듯한 얼굴로 이렇게 마무리를 지었다.

'합의 출생제도' 덕분에 인류는 진정한 의미로 자손의 출생을 기뻐할 수 있게 된 겁니다.

땀에 흠뻑 젖어 집에 도착했을 때 '카오리'는 주방에서 한창 저녁을 준비 중이었다. 현관에 들어선 나를 돌아보며 환한 미소를 만면에 띄우더니, 고생 많았어 세상에 땀으로 흠뻑 젖었네! 괜찮아? 라며 걱정스러운 어조로 나를 챙겼다.

집에서 가장 가까운 역이 도보로 15분 정도라 아무리 밤 시간이라지만 요즘 같은 기온이라면 땀에 젖을 수밖에. 실은 역에서 자동운전 택시를 탈까 했으나 어쩐지 조금 걷고 싶은 기분이었던 데다 교통비도 절약할 수 있겠다 싶어 집까지 걸어왔다.

저녁준비 다 될 때까지 시간이 조금 더 걸릴 것 같으니 먼저 씻으면 어때?

통통통, 카오리가 도마에 야채를 올려놓고 칼로 썰면서 내는 소리가 집 안 가득 경쾌하게 울려 퍼졌다.

응, 그렇게.

내 방에 들어가 불을 켰다. 나보다 한 살 위인 카오리와는 대학생 때부터 사귄 사이로 2년 전에 결혼을 하면서 도쿄에서 멀지 않은 외곽에 위치한 투룸 아파트를 빌려 살고 있다. 일본에서 동성혼이 합법화된 건 합의 출생제도가 생기기 조금 전의 일로 어느새 30년이란 세월이 흐른 지금은 혼인은 물론 임신과 출산도 가능하다. 생명과학에 기반해 양쪽의 난자 혹은 정자의 유전자 정보를 결합해 임신하게 되는데, 남성 커플의 경우 대리모가 필요하지만 여성 커플은 어느 쪽인가가 출산을 하면 된다. 한 달 전 카오리와 내 난자를 합친 '결합난'을 내 자궁에 착상 시키는 수술을 받았다. 어느 산부인과에서나 할 수 있는 간단한 수술이다. 누가 낳을지 충분히 상의했고 우린 2세를 두 명 낳을 계획이라 이번에는 내가, 다음번엔 그녀가 낳기로 합의를 보았다. 임신한 내 부담을 줄여주려 그러는 건지 최근 그녀는 자주 요리를 해준다. 카오리는 중국인 엄마와 일본인 아빠 사이에서 태어난 혼혈로 '쟈우'라는 엄마 성을 따르고 있다. 일본인과 미국인 사이에서 태어난 리리카와는 달리 카오리는 겉으로 보기엔 나와 크게 다르지 않다. 그녀는 소설을 쓰는 작가로 대부분 집에서 작업을 한다. 글을 쓰기 위해서는 반드시 따로 공간이 필요하다는 그녀의 의견을 존중해 지금도 우린 각방을 쓰고 있다.

샤워를 마치고 나오니 주방 쪽에서 근사한 냄새가 풍겨왔다. 이건 소고기가 들어간 토마토 수프의 향기다. 카오리는 이미 요리를 마치고 거실에 앉아 TV를 보며 나를 기다리고 있었다. 내 방에서 머리를 말린 후 얼마 전 시작된 입덧을 가라앉히는 약을 삼키고 거실로 막 나오려는 순간 휴대폰이 울렸다. 화면에 뜬 이름은 '다치바나 아야메', 내 언니였다. 화면을 바라보며 조금 망설이다 카메라 기능을 끄고 음성 통화 기능으로 전환해 통화 버튼을 눌렀다.

여보세요, 아야카 잘 지냈어?

오랜만에 듣는 언니의 목소리는 여전했다. 어딘지 모르게 달고 끈적한 감촉이 감도는. 설탕을 지나치게 많이 넣은 홍차를 한 모금 마실 때 식도에 감기는 불쾌함 같은 그런.

응, 잘 지내. 그런데 어쩐 일이야, 갑자기?

내 건조한 어조를 눈치챈 그녀는 팩 하고 토라진 목소리를 냈다.

오랜만에 연락한 건데 넌 어쩜 이렇게 차갑니? 반가운 척이라도 좀 해!

그녀에게 들리지 않도록 작게 한숨을 내쉬었다.

어릴 적부터 나는 언니가 불편했다. 자매끼리 다투는 일이야 어느 집이나 흔히 있는 일이지만 부모님의 언니를 향한 편애는 기이할 정도로 심했다. 서로 보고 싶은 프로그램을 보려고 리모컨을 두고 싸울 때면 먼저 리모컨을 차지한 사람이 아무리 나라도 부모님은 매번 내게 리모컨을 빼앗아 언니에게 주었다. 생일이나 크리스마스 선물도 내게는 싼 문구용품 정도만 사준 반면 언니가 원하는 건 뭐든지 들어주었다. 언니가 가진 멋진 인형의 집이나 디자인이 귀여운 디지털 피아노를 볼 때마다 질투에 휩싸였다. 언니와 나를 향한 부모의 대우가 전혀 다름에도 불구하고 조금도 그렇지 않다는 듯 행동하는 점이 무엇보다 나를 분노케 했다. 언니와 얽혀봐야 좋을 일 하나 없다는 걸 일찌감치 깨달은 나는 그녀와 거리를 두기 위해 부단히 애썼지만 내 의도와는 달리 언니는 눈치 없이 늘 내게 들러붙어 그건 또 그거대로 거추장스럽기 짝이 없었다. 그녀는 종종 해실해실 웃으며 다가와 예의 그 달짝지근한 목소리로, 아야카아 우리 같이 놀자아아, 자기 인형이나 장난감을 들고 와 나를 유혹했다. 하지만 언니의 장난감을 가지고 놀다 망가뜨리거나 싸움이라도 나면 혼나는 건 매번 나였다. 언젠가 언니와 제법 크게 싸운 일이 있다. 늘 그래왔듯 내게 들러붙는 언니에게 제발 나 좀 그냥 둬 달라 부탁했지만 그런 말이 전혀 먹히지 않는 그녀와 옥신각신하는 동안 내 봉제인형이 언니 때문에 망가지고 말았다. 그 인형은 내가 용돈을 조금씩 모아 겨우 장만한, 너무나도 갖고 싶었던 만화영화 캐릭터 인형이었다. 머리와 몸통이 이어진 부분이 찢어져 갈라진 틈에서 하얀 솜이 빠져나온 인형을 보고 있으니 마치 내가 좋아하는 존재가 피를 흘리고 있는 것처럼 보여 너무나 서러웠다. 화가 치밀어 오른 나머지 언니에게 달려들어 그녀의 머리를 있는 힘껏 때렸다. 잘못한 건 처음부터 언니였음에도 그녀는 요란한 소리를 내며 울부짖고 그 소리에 부모님이 한달음에 쫓아왔다.

그날 난 벌로 내 방에서 한 발짝도 나올 수 없었을 뿐 아니라 밥도 종일 먹지 못했다. 그리고 엄마는 그 인형을 고쳐 언니에게 주었다. 한밤중에 전기도 켜지 않은 내 방에서 홀로 배고픔과 억울함에 휩싸여 있을 때 언니가 한 손에 무언가를 들고 살며시 내 방으로 들어왔다. 창문으로 스며드는 가로등 불빛 때문에 그게 케이크인 줄 알아보았다. 저녁 식사 후 먹고 남은 디저트이리라. 예쁜 장식이 있는 생크림 가득한 쇼트 케이크였다. 아야카아 이거 먹을래에? 그렇게 묻는 언니는 늘 그랬듯 실실 웃고 있어 무슨 생각을 하는 건지 도무지 알 수 없었다. 먹다 남긴 케이크 따위 누가 먹을까 봐? 이런 생각을 하며 언니의 얼굴에 그 케이크를 뭉개고 싶은 충동이 일었다. 그러나 나의 배고픔은 충동을 앞섰고 거절은커녕 한심할 정도로 게걸스럽게 케이크를 먹기 시작했다. 반쯤 먹었을 무렵 점

점 기분이 나빠지기 시작했다. 종일 굶은 배속에 한꺼번에 달디단 케이크를 먹은 탓이었다. 역시 언니는 심술 마녀. 그런 생각이 들었지만 포크를 멈추는 일은 불가능했다. 결국 배탈이 난 나는 먹은 걸 거의 게워내고 말았다. 그 후로 언니를 증오하게 되었다.

어른이 되고서야 부모님의 마음이 아주 조금은 이해가 갔다. 아마도 합의 하에 태어난 나와 달리 의사를 확인받지 못하고 태어난 언니에게 빚을 진 듯한 기분이었을 테다. 아직 합의 출생제도가 시작되기 전이라 범죄는 아니었음에도 윤리적 관점에서 자신들을 탓했을지 모른다. 언니를 향한 부모님의 과도한 편애로 그런 죄책감 비슷한 마음을 상쇄하고 나아가 언니가 삶을 조금이라도 긍정적으로 살기를 바라는 노력이라 본다면 납득이 되는 바가 있었다. 그렇게 생각하니 오히려 그녀가 가엾게 느껴졌다. 부모의 사랑을 얼마나 받았든 '합의 없는 출생'으로 태어났다는 사실은 변하지 않기 때문이다. 언니는 특별히 심술을 부리려던 게 아니라 그저 나와 같이 어울리고 싶었는지 모른다. 남은 케이크를 들고 온 것도 단순히 내가 배고플까 염려되어 가져다 준 건 아닐까? 지나치게 굶은 상태에서 단 걸 먹으면 탈이 날 수도 있다는 걸 언니도 그땐 어렸으니까 몰랐을 수 있다.

  아, 미안, 언니. 그러려던 건 아닌데…

  부모와 언니의 입장을 조금은 이해하게 되었다 해도 유년의 기억은 역시 내 안에 깊숙이 뿌리내리고 있어 여전히 언니 목소리를 향한 본능적인 거부반응을 내 몸은 기억하고 있었고 부모와의 관계도 점차 멀어져 갔다. 어린 시절의 안 좋은 기억도 기억이지만 언니와 나는 코드가 맞지 않는다고 할까, 대화를 나누다 보면 이쪽은 가위바위보를 하고 있는데 저쪽은 데덴찌를 하고 있는 것만 같은 기분이었고 우리는 앞으로도 어느 하나 맞을 일이 없겠다는 아득함이 느껴졌다. 그래서인지 대학에 입학해 도쿄에 올라온 후부터 언니와 거의 만나지 않게 되었다. 취직을 한 후로는 더욱 만날 기회가 없었다. 마지막으로 만난 게 5년 전 언니의 결혼식이다. 2년 전 내가 혼인을 했을 때는 만나진 않고 전화로만 알렸다. 도쿄에 올라온 나와 달리 언니는 고향인 야마나시를 떠나지 않았고 심지어 신혼집은 본가에서 차로 20분 남짓한 거리에 위치하고 있다. 그곳의 자그마한 생활용품 제조회사에서 일한다는 이야기를 들은 것도 같다.

  그렇게 말해주니 고마운 걸! 나야 잘 지내지!

언니는 한 톤 높아진 목소리로 말을 이어갔다.

저기 있잖아, 다다음주에 일이 있어서 도쿄에 갈까 하는데 만나서 차라도 한 잔 하자.

응? 갑자기?

뭐 어때! 오랜만에 만나서 이야기라도 나누면 좋잖아!

낮엔 근무중이라…

주말엔 쉬는 거 아냐?

쉬는 날이긴 한데 여러 가지 할 일이 많아서…

예를 들면 뭐?

…

개인 시간을 할애하면서까지 만나고 싶진 않았지만 제대로 거절할 핑계거리를 찾지 못해 결국 언니에게 떠밀리다시피 다 다음주 토요일 낮에 만나자는 약속을 하고 말았다. 전화를 끊고 거실로 나오자 카오리는 TV를 정규방송 채널로 바꾸더니 식탁으로 이동해 내게 오라고 손짓했다.

누구 전화?

응, 언니였어. 도쿄에 볼 일이 있어 오는데 만나자고.

언니 이야기는 그다지 하고 싶지 않아 화제를 바꾸었다.

그건 그렇고 얼른 밥 먹자 우리!

식탁에 가보니 카오리가 얼마나 정성을 들였는지 새삼 알고도 남았다. 소고기 토마토 수프 외에도 꿔바로우, 공심채 볶음 등 그녀의 시그니처인 중화요리가 가득했다.

우와! 완전 진수성찬이잖아!

사랑하는 어부인을 위해서라면!

어휴, 어떻게 그런 오글오글한 말을!

볼이 빨개진 걸 느끼며 그녀를 타박했다. 자기 표현이 확실한 건 그녀의 커다란 매력 중 하나지만 반대로 듣는 내 쪽은 종종 부끄러워지고는 했다.

잘 먹겠습니다!

카오리의 요리는 전부 맛이 좋았다. 소고기 토마토 수프는 비주얼은 진해 보였지만 정작 먹어 보니 맛이 산뜻했고 소고기도 전혀 기름지지 않아 얼마든지 먹을 수 있을 것만 같았다. 탄력 있는 고기가 씹으면 씹을수록 육즙이 풍부했다. 꿔바로우와 공심채 볶음도 간이 딱 맞아 완전 밥도둑이었다. 하루의 피곤이 몰려온 데다 배가 고팠던 나머지 눈 깜빡할 새 한 그릇을 뚝딱 비웠다.

맛있어?

고개를 들어보니 카오리가 턱을 괸 채 음식을 먹는 내 모습을 지긋이 바라보고 있었다. 나는 또다시 얼굴이 빨개지는 게 느껴졌다.

그렇게 빤히 쳐다보기만 할 거야? 자기는 왜 안 먹어?

아야카가 맛있게 먹는 모습만 봐도 배가 불러. 뭐랄까 이런 게 행복이구나 싶은.

이렇게 말하며 그녀가 후훗 소리를 내며 웃었다. 그러고는 요리를 설명하기 시작했다.

많이 먹어! 소고기는 단백질과 철분이 풍부하고 잎채소에는 엽산 함유량이 높대. 다 임산부에게 꼭 필요한 영양소라고 했던 의사선생님 말 기억하지?

아직 한 달도 안 지났는데 너무 오바 아니야?

하지만 입덧은 벌써 시작되었잖아.

그렇기는 하지만 약을 먹어서인지 그리 신경 쓰일 정도는 아니야.

힘들 때는 꼭 말해줘야 해, 알았지? 먹고 싶은 게 떠오르면 뭐든 주문해줘.

그럼, 참치 회?

앗, 지금?

나의 느닷없는 주문에 깜짝 놀란 그녀의 표정을 보며 나는 웃음을 터뜨렸다.

농담 농담. 오늘은 이걸로 대만족! 그러니까 자기도 얼른 먹어.

그제서야 카오리는 안도하는 표정이 되었다.

휴. 순간 어디서 배달이라도 시켜야 하나 엄청 고민했다구! 그나저나 이 수프 진짜 맛있지 않아? 역시 내 손맛은 최고야!

어머, 자화자찬 하는 거야?

내가 그렇게 놀리자 그녀는 장난스러운 표정으로 혀를 쭉 내밀었다.

설마 자긴 그렇게 생각하지 않는다는 뜻이야?

당연히 그렇게 생각하고 말고.

그렇게 서로를 잠시 바라보던 우리는 동시에 웃음을 터뜨렸다. 방금 전 언니 전화로 찜찜했던 기분을 그렇게 웃음소리와 함께 어딘가로 날려버릴 수 있었다.

그럼 여기 공깃밥 추가요!

어리광을 부리듯 싹 비운 밥그릇을 내밀었다.

분부대로 즉시 대령하겠나이다, 위대하신 엄마님!

카오리는 그렇게 말하더니 자리에서 일어나 전기밥통 쪽으로 갔다.

다음 번에 자기가 임신할 땐 나도 진짜 잘할게.

밥을 푸는 그녀의 뒷모습을 가만히 보고 있으니 마음 속에 훈훈한 사랑의 기운이 퐁퐁 샘솟았다.

그때 TV에서 뉴스 속보가 들려왔다. 시부야의 어딘가에서 테러를 준비하고 있던 남녀 10여 명을 현행범으로 체포했다는 소식으로, 뉴스에 따르면 '천애회' 회원들의 소행이라고 했다. 하늘의 본성을 사랑하고 자연의 섭리를 따르자는 취지로 생겨난 조직인 '천애회'는 합의 출생제도를 반대하고 자연 출생을 주장하는 신흥 종교집단이었다. 최근 그 활동이 과격해짐에 따라 경찰이 그들을 쫓고 있는 중이었고 조직의 거점 중한 곳인 아파트에 경찰이 들이닥쳤을 때 그들은 출생 동의 검사를 실시하는 병원의 테러를 계획하고 있었다고 한다. 현장에서 폭탄이나 총을 제작하는 재료가 대량으로 발견되어 경찰에서는 향후 이것들의 입수 경로를 밝히기 위해 조사를 진행할 거라는 내용이었다.

뭔가 어수선한 소식이네.

하루빨리 모두 잡혀야 할 텐데…

밥이 담긴 그릇을 들고 온 카오리가 중얼거리듯 말했다. 밥그릇을 받아 들고 나도 고개를 끄덕였다. 테러라는 단어는 어쩐지 먼 세계의 일처럼 들리긴 하지만 가만 생각해 보면 그들이 타겟으로 삼은 병원이 내가 다니는 곳이었을 가능성도 있다. 남의 일처럼 여길 수 없는 그 상황에 문득 공포가 밀려왔다.

그건 그렇고, 무차별 출생주의자들은 정말 최악이야.

그렇게 말하는 카오리는 방금 전과는 전혀 다른 험악한 표정으로 어딘가를 노려보고 있었다.

아이의 기분을 조금도 고려하지 않고 자신들 입장만 주장하는 제멋대로인 인간 말종.

그녀의 말에 어떻게 답해야 할지 몰라 나는 침묵했다. 사실 그녀가 어째서 그런 반응을 보이는지 잘 알고 있다. 그녀의 친부가 그 제멋대로인 인간 중 한 명이기 때문이다. 터부까진 아니지만 카오리 앞에선 되도록 그녀의 아버지 이야기를 꺼내지 않으려 주의를 기울여왔다. 그녀의 아버지를 단 한 번도 만나본 적은 없지만 그녀 말에 따르면 친부는 굉장히 가부장적이고 보수적인 인물로 동성혼이 합법화되었음에도 동성애를 절대로 인정하지 않고 나아가 자연의 섭리를 거스르는 변태성욕이라 단정지었다. 고등학생 시절 아버지에게 자신의 성적 지향을 커밍 아웃한 그녀에게 격노한 그녀의 아버지는 너를 그런 사람으로 키운 적이 없다며 이럴 바엔 낳지 말 걸 그랬다는 해서는 안 될 말을 쏟아부었다.

나보다 한 살 위인 그녀는 당연히 합의 출생제도가 생겨나기 전에 태어났다. 그런 그녀에게는 출생을 거부할 선택지 자체가 없었다. 자기들이 원해서 낳은 아이임에도 있는 그대로 받아들이지 않는 건 부모도 뭣도 아닌 이기적인 존재일 뿐이라며 카오리는 자기의 출생과 자신을 인정하지 않는 친부를 깊이 증오하고 있었다. 인정하지 않을 거라면 낳아서는 안 된다, 낳았다면 어떤 아이라도 받아들일 각오를 하지 않으면 안 된다, 카오리는 그렇게 생각했다. 다행하게도 친모만은 그녀 편이었다. 어머니마저 그녀를 받아들이지 않았다면 카오리는 지금껏 살아남지 못했다 해도 과언이 아니다. 딸의 성적 지향을 둘러싸고 그녀의 부모는 자주 부부싸움을 했고 그녀가 대학에 입학하고 얼마 안 돼 결국 이혼했다. 내가 그녀를 막 알았을 때 그녀는 아직 아버지의 성을 따르고 있었지만 양친의 이혼 후 가정재판소를 통해 어머니 성씨로 바꾸어 달라 신청했고 성씨를 변경한 후에는 아버지와 연을 끊었다.

　그 사람에게는 부모 자격이 없어!

　처음 그녀가 자신의 이야기를 내게 털어놓으며 한 말이다.

　내가 정할 수 있는 거였다면 그런 남자의 아이로 태어나고 싶지 않았어. 하지만 나는 내 의사를 확인받지 못하고 태어났지. 자기의 삶을 스스로 결정한 아야카가 정말 부러워.

그런 그녀에게는 아이의 의사를 무시하고 낳는 강제출산은 용서할 수 없는 행위였다. 아직 법제화되기 전이라 범죄는 아니었다 해도 그녀야말로 강제출산의 피해자였다. 그러므로 '자연출산'이라는 듣기 좋은 말로 부모의 편의를 내세워 아이를 낳으려는 무차별 출생주의자들은 카오리에겐 질이 나쁜 존재일 따름이었다.

자기야 괜찮아.

우울한 표정으로 묵묵히 밥을 먹는 그녀의 기운을 북돋아주고 싶어 나는 최대한 밝고 힘찬 어조로 말했다.

우리는 지금 좋은 시절을 살고 있어. 입덧을 가라앉히는 약도 있고 동성애 커플도 결혼과 출산이 가능하고 말이야. 출산의 고통도 없고 아이의 의사를 확인할 수도 있는데다 우린 아이의 의사를 존중할 거니까 둘이 힘을 합해 사랑으로 이 아이를 키워보자. 자기와 같은 괴로운 기억을 주지 않도록.

내 말에 표정이 한결 누그러진 카오리는 가만히 나를 응시했다.

응, 우리 약속하자. 아이의 의사를 존중해 주기로.

고노 부장이 사표를 제출한 건 그로부터 일주일이 지난 후

36

의 일이다. 그는 작별인사를 하며 새로운 커리어를 쌓고 싶어 퇴직을 결심했다고 말했지만 그런 건 그저 듣기 좋은 핑계임을 모르는 사람은 없었다. 업무 능력을 인정받는데 물이 오른쉰 직전의 인간이 3주간 사라졌다 나타나서 하는 말이 갑자기 새로운 커리어 운운이라니, 그건 누가 봐도 부자연스러웠다. 무엇보다 강제출산 건은 이미 회사 내부에까지 알려진 이야기다. 고노 부장의 퇴직 인사 후 나와 리리카는 탕비실에서 잠시 이야기를 나누게 되었다. 그녀가 입수한 정보에 의하면 고노 부장은 역시 자녀로부터 강제출산죄로 고소를 당한 듯했다. 그의 아이는 열여섯 살의 고등학생으로 최근 실연을 당한 후 실의에 빠져 있었고 엎친 데 덮친 격으로 자신이 태어나기 전 출생에 동의하지 않았다는 사실을 알게 되자 자신의 의사를 존중해주지 않은 부모를 원망해 고소까지 이르게 되었다는 사연이었다.

고작 실연 때문에?

나도 모르게 목소리를 높여 반문했다.

쉿, 목소리가 너무 커.

아, 미안.

하지만 너무 놀라 입을 벌리고 있었던 탓에 미안이라는 발음이 제대로 나오지 않았다.

하긴 어차피 다들 알게 된 일이니까 뭐… 다만 소문을 퍼뜨린 사람으로 보이는 건 별로라.

입에서 손가락을 뗀 리리카는 그렇게 말하며 어깨를 으쓱했다.

정작 내가 놀란 이유는 따로 있다. 합의 출생제도가 당연해진 지금이라 해도 유아기의 기억은 커갈수록 대부분 사라지기 마련이다. 그 때문에 자기가 강제출산의 피해자라는 사실을 깨닫는 데는 무언가 계기가 필요하다. 그리고 많은 경우 치명적인 장애나 중병, 혹은 가난으로 인해 심각한 문제가 불거져 그렇게 된다. 이런 무거운 문제 앞에서 사는 일의 괴로움을 겪는 사람은 필연적으로 '출생 동의 증명서'를 확인하고 싶어한다. '출생 동의 증명서'는 태아 단계에서 스스로의 선택으로 출생에 합의했다는 것을 증명하는 서류로, 이른바 출생 계약서라 할 수 있다. 부모는 자녀가 성인이 될 때까지 증명서를 보관해야 할 의무가 있어 아이가 증명서의 확인을 요구할 때 제시하지 못하면 강제출산의 혐의에서 벗어나기 어렵다. 일반적으로 강제출산이 발각되는 건 아이가 출생 합의, 즉 삶의 뿌리를 의심하면서 '출생 동의 증명서'를 확인하고 싶을 만큼 커다란 괴로움에 빠졌을 때 일어나는 경우가 대부분이다. 물론 그렇지 않은 때도 있다. 학교에서 합의 출생에 관해 배우면 문득 증명서를 확인하고 싶은 마음이 생기기도 해서 발각으로 이어지는 케이스도 있다. 그럼에도 자신의 삶을 부정하고 싶을 정도의 괴로움이 없다면 자기 부모를 강제 출산으로 고소한다는 건 생각하기 어렵다. 이는 곧, 자기는 태어나고 싶지 않았고 앞으로도 살고 싶지 않다는 의사를 표명하는 것과 마찬가지이기 때문이다. 특히 실연이라는 어찌 보면 대단치 않은 좌절이 고소로 이어지는 건 극히 드문 일이었다.

견디기 힘들 만큼 괴로웠나 봐. 고노 부장도 참 안 됐어. 앞으로 4년만 지나면 시효인데.

강제 출산죄의 시효기간은 자녀가 성인이 될 때까지로 일단 성인이 된 후에는 아무리 강제출산 사실이 밝혀졌다 하더라도 자녀가 삶을 받아들인 것으로 간주해 부모를 고소할 수 없다. 사실 10대는 인생에서 가장 불안정한 시기라 자신의 삶에 대해 커다란 의문을 품기 쉬워 강제 출산은 12살에서 18살까지의 자녀가 있는 집에서 주로 발각되고는 한다. 이런 이유로 일본에서는 성인식 날 부모가 아이에게 '출생 동의 증명서'를 건네는 문화가 생겼다. 나도 성인식 날 부모에게 증명서를 받아

지금까지 소중히 보관하고 있다.

사실 처음부터 강제출산을 한 부모가 나쁜 거 아냐?

가해자인 고노 부장을 향해 리리카가 쓴 딱하다는 표현이 나는 적잖이 불편해 물었다.

저기 그게, 고노 부장은 아무 것도 몰랐다나 봐.

뭐라구?

들리는 말에 의하면 부인이 부장까지 속이고 출산을 한 탓에 부장까지 가해자가 된 거지. 부인이 임신 9개월 때 출생 동의 검사를 위해 병원에 갔을 때 부장은 업무가 너무 많아서 같이 가지 못했대. 그때 출생 거부로 나왔는데도 아이를 간절히 원한 부인이 그 결과를 받아들이지 못하고 급기야 검사지를 없앤 후 남편에겐 동의라고 거짓말을 했대. 결국 아이가 태어났고 16년이 지난 지금에서야 그 사실이 밝혀진 거지.

그렇다면 안된 일이긴 하지만 그렇게 간단히 속다니 좀 이상하지 않아? 증명서가 없으면 바로 발각되는 거 아냐?

거부 확률이 낮아서 애당초 증명서를 확인해야 한다는 생각 자체를 못 했을지도 몰라. 방심한 거지…

하긴 남자란 종족들은 출산을 여자의 일로만 여기고 무관심한 경향이 있긴 해.

맞아 맞아, 고노 부장도 딱 그랬을 거 같아.

이런 경우 법률상 부부 둘 다 강제 출생의 피고가 된다. 이 번에는 아무것도 몰랐던 남편의 사정이 고려되어 화해를 권고 받았고 자녀의 안락사 비용을 부담하는 걸로 형사처벌까지는 가지 않게 되었다고 한다. 그러나 당연한 말이지만 회사는 앞으로 다닐 수 없을 테니 상부로부터 떨어진 퇴사 권고를 받아 들여야 했을 것이다. 징계해고가 아닌 것만도 회사가 그나마 온정을 베푼 결과였다.

이야기를 듣다 보니 부장이 조금 가엾게 느껴졌다. 방심했다고는 해도 아무것도 모른 체 범죄자가 되었으니. 내가 정말 이해가 안 가는 사람은 바로 그의 부인이다. 자기만이 아니라 남편까지 범죄자를 만들면서까지 어째서 아이를 마음대로 낳은 걸까?

과실이 전혀 없었다고는 하기 힘들지만 그래도 운이 나빴던 거야…

그렇게 말하며 리리카가 작게 한숨을 쉬었다.

그래도 우리 이런 일로 동요하지 말자! 아쟈아쟈 화이팅!

리리카가 먼저 사무실로 돌아가고 홀로 남은 나는 무언가 마음에 걸린 듯 답답한 불편함을 느꼈다. 어쩐지 신선한 공기가 간절해 창문을 열자 한여름의 햇살이 눈으로 왈칵 쏟아졌다.
그 눈부심에 나도 모르게 고개를 돌려 눈을 감았다.

2

토요일 오후의 신주쿠는 늘 행인들로 시끌벅적해 붐비는 곳이다. 구름 한 점 없이 맑게 갠 하늘에는 태양이 새하얀 빛을 거리 곳곳에 뿌리고 있었다. 공중에는 자율주행 에어택시와 택배 드론이 햇빛에 반사되어 번쩍이고 지상엔 자가용과 택시가 분주하게 달리고 있다. 알타 건물 외벽 스크린에는 요새 유행하는 아이돌 그룹의 뮤직비디오가 홀로그램 영상으로 걸려 있었고 영상 사이사이 'NO MORE 테러! 테러 대책 특별경계 실시 중'이라 쓰인 공익 광고가 보였다. 38도 정도는 가볍게 넘길 정도의 폭염이라 사람들 대부분 목걸이식 에어컨을 매달고 있거나 신체 주변 기온을 설정온도로 조절해주는 공조복을 입고 있다. 행인들 외엔 청소로봇이 이곳저곳을 누비며 누군가 쓰레기를 버리면 곧바로 달려가 쓰레기를 주웠다.

길가에 설치된 스피커에서 '신주쿠는 호객용 로봇 사용이 엄격하게 금지되고 있는 지역입니다. 따라가지 말아 주십시오'라는 주의환기용 메세지가 건조한 남자 목소리로 재생되고 있었다. 공조복과 같은 걸 사용하면 할수록 지구온난화가 가속된다는 보도를 본 적이 있어 나는 되도록 쓰지 않고 있지만 오늘 같은 더위는 도저히 견디기 힘들어 언니에게 '알타 안에서 기다릴게'라는 메시지를 보낸 후 더위를 피해 건물 안으로 들어갔다. 그렇게 한참을 기다리던 중 등 뒤에서 내 이름을 부르는 소리가 들려 고개를 돌려보니 언니가 그곳에 서 있었다. 5년만에 보는 언니는 시골 야마나시에서 전혀 나가본 적이 없는 기억 속 수수한 이미지가 아니었다. 눈앞의 언니는 도시적이고 여성스러운 패션에 화장까지 한 화사한 모습이었다.

언니, 오랜만이야. 그나저나 화장까지 하다니 어쩐 일이야?

아, 다음 일정도 있어서.

언니는 통화 중 들었던 것과 같이 여전히 달짝지근한 목소리로 답했다.

…남자? 설마 불륜 같은 건 아니지?

나와 달리 언니는 이성애자로 5년 전 한 남자와 결혼을 했다.

무슨 소리야? 화장하고 만나는 상대는 남자여야 한다는 법칙이라도 있어?

그렇게 항의하는 언니 말에는 반론의 여지가 없었다.

그나저나 어디 갈까? 가고 싶은 곳이라도 있어?

약속 장소를 신주쿠로 정한 건 언니였다. 언니는 연극배우라도 된 듯 과장된 몸짓으로 고개를 크게 끄덕였다.

당연하지! 너랑 같이 가고 싶은 곳이 있어.

그럼 더우니까 우리 택시 타자

바로 저기라 조금만 가면 돼.

뜨거운 직사광선 아래로 먼저 나선 언니를 따라 나도 별 수 없이 걷기 시작했다. 몇 번 와 봤는지 언니는 익숙한 걸음으로 신주쿠의 인파 속으로 들어가더니 골목에 접어든 후에도 지도 한 번 보지 않고 거침없이 걸었다. 바로 저기라는 표현치고는 거리가 꽤나 있어 양산을 쓰고 있어도 땀이 줄줄 흘러 이미 옷은 흠뻑 젖었고 인내심이 바닥을 칠 무렵, 언니는 드디어 '여기야'라는 말과 함께 어느 건물 지하로 내려갔다. 계단 옆의 나무로 된 간판에 '카페 매그놀리아'라고 쓰여 있었다.

계단 아래쪽은 지상의 열기에도 아랑곳없이 시원한 공기로 가득했다. 눈앞에 나타난 건 고풍스러운 분위기의 카페로 붉은 벽돌로 이루어진 울퉁불퉁한 벽에 단단한 무게감이 느껴지는 원목 테이블과 의자가 놓여 있고, 다소 낮은 천장에 매달린 몇 개의 칸델라 조명의 호박색 불빛이 비치고 있었다. 밤 시간에는 바(bar) 영업도 하는지 카운터 좌석 뒤 선반에 여러 종류의 술병과 글라스가 진열되어 있어 불빛을 받아 반짝반짝 빛났다.

어서 오세요.

로봇이 아닌 진짜 사람의 마중 인사라니 요즘 보기 드문 모습이었다.

두 사람이요.

언니가 손가락으로 브이(v) 자를 그리며 말했다.

벽 쪽 좌석에 자리를 잡고 뜨거운 커피를 주문한 후 나는 다시 주위를 둘러보았다. 가게에는 엘리베이터나 에스컬레이터 설비가 없어 입장을 위해선 일부러 계단을 내려오지 않으면 안 되는, 이 또한 요즘으로선 드문 형태의 가게였다. 이런 식의 배리어 프리가 아닌 가게는 지금이라면 건축법 위반이 되지만 그래서 더욱 이 가게가 얼마나 오래된 곳인지 짐작할 수 있었다. 벽에는 아련한 흰 꽃 사진이 몇 장인가 걸려 있었다. 아마도 카페 이름과 같은 매그놀리아인 것 같았다. 토요일 오후인데도 옅게 어둠이 깔린 가게 안에는 우리 외에 다른 손님은 없어 어딘가 한산했다.

언니에게 이런 레트로한 취향이 있는 줄 전혀 몰랐어.

일부에선 꽤나 유명한 가게야.

그 '일부'에 언니가 포함되어 있다는 게 놀랍단 말이야.

주문한 커피가 나와 한 모금 마셔보니 의외로 맛이 아주 좋

앞다. 커피에 대해 잘 알지는 못해도 프랜차이즈 카페의 천편
일률적인 맛과는 확연히 달랐다. 복잡하면서도 깊은 맛이었다.

맛있지, 이 커피?

나는 솔직하게 고개를 끄덕였다.

언니 이런 곳을 대체 어떻게 알게 된 거야?

친구가 알려준 곳이야.

언니는 예의 그 태평한 표정과 목소리로 답했다. 잡지나 인
터넷이면 몰라도 친구의 소개라니. 언니에게 이런 클래식한 취
향의 친구가 있었다는 것도 내게는 의외였다. 어떻게 아는 사
이인지 새록새록 궁금했다. 무엇보다 오늘 도쿄엔 무슨 일 때
문에 온 걸까? 만날 사람이 있다고 했는데 누굴 만나는 걸까?

그건 그렇고 오늘 갑자기 나와 만나자고 한 용건은 뭐야?

너무해! 그저 오랜만에 동생을 만나고 싶었을 뿐인데 마치
뭔가 나쁜 의도를 숨기고 있는 듯한 취급을 받으면 언니가 슬
퍼지잖아.

5년 동안 만나지 않다 갑자기 보고싶다고 하면 아무 이유가
없을 리 없잖아?

언니의 과장되고 끈적한 말투에 어쩐지 짜증이 난 탓에 말
이 거칠게 나왔다.

형부는? 같이 안 왔어?

형부, 내 입에서 나온 말임에도 어색하게 울렸다. 우리 자매는 지난 5년간 그다지 교류가 없었던 탓에 언니의 남편이라면 법적으로 형부에 해당하지만 실제로는 모르는 타인이나 마찬가지다. 만난 것도 언니의 결혼식에서 본 한 번 뿐이다. 그런 자를 형부라 불러야 한다는 상황 자체가 내게는 이상한 일이었다. 그러나 언니의 반응이 나를 놀라게 했다. 언니는 내가 무슨 말을 하는지 모르겠다는 표정으로 고개를 갸웃거렸다.

형부라니?

언니 남편.

아…

그러고보니 그런 사람이 있었지 그런 어투였다.

진즉 이혼 했어.

뭐? 이혼했다고? 언제?

되게 오래 됐는데, 몰랐구나?

그렇게 말하는 언니의 표정은 대수롭지 않은 일이라는 듯 태연했다. 마치 아직까지 그걸 모르고 있던 내가 잘못한 것만 같은 기분이 들어 속이 부글부글 끓었다.

언니가 알려준 적도 없잖아!

궁금하기는 했어?

언니는 나를 똑바로 쳐다보며 그렇게 물었다. 언니는 또렷한 눈매의 소유자로 나는 예전부터 그 눈이 두려웠다. 눈꼬리가 날카롭게 올라가 있다거나 해서가 아니라 한없이 투명한 언니 눈동자는 어쩐지 보통 사람들 앞에선 잘 숨겨온 나의 약점이나 결함을 꿰뚫어 보고 있는 것만 같아 불안해졌다. 그런 감각을 견디기 힘들어 나는 그녀의 시선을 피했다.

그런 중요한 일 정도는 말해줘도 좋잖아.

알고 싶기는 커녕 아무래도 상관없다고 생각했지만 아무리 그래도 그렇게 말할 순 없어 고개를 숙이고 작은 목소리로 중얼거렸다. 아 그게 그렇게 중요한 일이었구나, 언니는 고개를 갸우뚱했을 뿐이었다. 나는 한숨을 쉬며 역시 언니와는 잘 맞지 않음을 다시 한 번 확인했다. 뭐 하나 맞는 구석이 없으니 말하면 할수록 페이스를 잃고 헤매기 일쑤다.

그치만 아야카도 내게 중요한 소식 말해주지 않았던데?

훅 들어온 언니의 말에 당황한 내가 고개를 들어보니 언니는 테이블 너머로 내 배를 바라보고 있었다.

몇 개월이야?

그러고 보니 임신에 관해 나도 언니에게 말하지 않았다. 숨기려던 건 아니지만 굳이 연락해 알려야 한다는 생각 자체를 하지 않았다. 임신수술을 받았다고 엄마에게 일단 전하기는 했지만 언니는 엄마에게 그 소식을 듣지 못한 것 같았다.

두 달째야.

어쩐지 부끄러운 기분이 들어 반사적으로 배를 감쌌다. 언니는 그런 내게 시선을 돌리지 않았다.

아야카의 배우자, 여자 맞지? 그럼 임신수술을 받았겠구나.

응, 맞아.

임신수술을 받은 경우, 임신 주수 계산법상 수술한 날을 임신 시작으로 보기 때문에 일반적인 생리주기를 통해 계산하는 것보다 2주 정도 짧아진다. 그런 이유로 표준임신기간이 38주가 된다. 내가 고개를 끄덕이자 언니는 내 배를 지긋이 바라보며 한동안 생각에 잠기더니 얼굴 가득 감개무량하다는 듯한 미소를 띄웠다.

그렇구나. 너도 엄마가 되는 거구나.

언니도…

그러다 순간 입을 다물고 다음 말을 꿀꺽 삼켰다. 언니도 빨리 아이가 생기면 좋을 텐데, 이 말을 하고싶었지만 언니가 이혼한 사실을 떠올렸기 때문이다. 하지만 언니는 그런 실언을 그리 신경 쓰지 않는 모습이었다.

역시 병원에서 아이에게 출생 동의 검사하겠지?

당연하지.

도쿄에는 지정 병원이 많이 있던데 어디서 할지 정한 거야?

아니, 아직. 언니 이제 2개월일 뿐인데 그런 걸 정하긴 아직 일러.

출생 동의 확인검사는 높은 수준의 기술이 필요한 분야인데다 서류조작 리스크도 있어 현재는 정부가 인가한 종합병원 혹은 대학병원에서만 실시하고 있다. 도쿄라 10여 군데 정도고 지방으로 가면 한두 곳 밖에 없는 지역도 있다. 보통 임신 8개월에 접어들면 다니는 산부인과의 담당의에게 소개장을 받는다.

하긴 그렇겠네. 내가 너무 앞서 나갔어.

언니는 자기 머리를 톡톡 두드리며 부끄럽다는 듯 웃었다.

사내아이인지 여자아이인지 아직은 모르겠지?

언니 무슨 소리를 하는 거야? 여성부부라 당연한 말이지만 여자애만 태어나.

여성커플은 X염색체만 보유하고 있기 때문에 필연적으로 여아만 태어나게 된다. 여성커플이 만일 남아를 원할 경우 남성의 정자 제공을 의뢰하거나 정자뱅크에서 구입을 하는 방법도 있지만 그렇게 하면서까지 남아를 원하는 여성커플은 내가 아는 한 거의 없다.

맞다 맞다! 생물시간에 배웠지.

해맑게 머리를 긁적이는 언니를 보며 역시 이 사람은 하나도 변한 게 없다고 속으로 혼잣말을 했다. 그런 언니에게 반쯤 질려 하면서도 한편으로는 안심하는 내가 있었다. 그후에도 쓸데없는 잡담이 이어졌다. 언니와 헤어지고 집으로 돌아오는 길에 그러고 보니 물어보고 싶었던 말을 하나도 하지 못했다는 게 떠올랐다. 대화의 대부분을 언니가 주도해서인지 도쿄에 무슨 일로 온 건지, 이혼은 왜 했는지 물어볼 타이밍을 놓쳐 결국 아무것도 알아낼 수 없었다. 딱히 일부러 전화해 물어볼 마음은 들지 않았고, 그게 뭐가 되었든 나와는 무관한 일이라는 생각이 들었다.

건강 상태는 아주 양호합니다.

임신 정기검진 결과표를 보며 의사선생님이 밝은 표정으로 몇 번이나 고개를 끄덕였다.

음식에 특히 신경을 쓰고 있는 듯 보이네요.

물론이지요!

검진에 함께 와준 카오리가 힘찬 목소리로 답했다.

이런 좋은 배우자가 곁에 있다니 다치바나 씨 전생에 지구라도 구한 거 아니예요?

의사선생님의 약간 놀리는 듯한 말에 부끄러워진 나는 고개를 숙이고 카오리의 팔을 살짝 쳤다. 임신 후부터 그녀는 내 전속 영양사를 자처하며 인터넷으로 찾은 여러 정보를 바탕으로 임신 주수에 맞춰서 매일 음식을 만들고 있다. 아침과 저녁은 물론이요 점심 도시락까지 싸준다. 처음엔 리리카가 애처가 도시락이 어쩌고 하며 놀려 부끄럽기도 했지만 어느덧 카오리의 점심 도시락은 당연한 일상이 되었다. 설령 시간이 없어 배달 음식을 시켜야 할 때에도 영양을 충분히 고려한 메뉴를 고르고는 했다. 뭘 그렇게까지 하나 싶다가도 그녀가 곁에 있어 정말 다행이라고 생각했다.

의료기술의 발전으로 지금은 유산이나 사산이 거의 사라진 지 오래기는 해도 임신이 산모에게 주는 신체적 부담은 변함이 없으며 임신 기간 동안 정기검사는 필수다. 한 달에 한 번 있는 정기검사가 오늘로 세 번째다.

계속 이런 컨디션을 유지한다면 두 분을 꼭 닮은 건강한 여자아이가 태어날 거예요.

의사는 그렇게 말하며 우리에게 검사 결과표를 내밀었다. 보고서에는 키, 몸무게, 혈압, 호르몬, 혈당 등 여러 항목의 수치가 기재되어 있었다. 그리고 의사 말처럼 이상한 점은 단 하나도 보이지 않았다. 의사는 이어 스테이플러로 묶은 서류를 꺼냈다. 거기엔 검은색 글씨가 또렷하게 인쇄되어 있었다. 올 것이 왔구나, 종이뭉치를 보는 동안 손바닥에서 땀이 배어 나왔다. 선생님은 서류를 한 번 쓱 훑어본 후 우리에게 내밀었다.

자 이건 생존난이도를 측정한 검사 결과표예요. 다치바나 씨 이번이 처음이지요? 보는 방법 알겠어요?

보고서를 받아 든 나는 잠시 눈을 감고 심호흡을 했다. 보고서로 시선을 돌리자 옆의 카오리도 고개를 쑥 내밀더니 보고서로 눈길을 떨구었다. 그런 그녀의 팔이 조금 떨리고 있었다.

[태아 생존난이도 계측 보고서]

신청번호: ****

차트번호: ****

산모이름: 다치바나 아야카

생년월일: 2047년 10월 8일

성별/연령: 여성/28세

계측일: 2075년 10월 21일

계측 횟수: 1회

임신 주수(임신수술 후): 14주

이하 생략.

[태아 기본정보]

국적(예정): 일본

출생지(예정): 도쿄도 **시

이하 생략.

[태아 유전자 정보해석]

성염색체에 따른 성별: 여

성적 자기인식: 8(남1~여10)

성별 위화감 경향: 검출기록 없음

성적 지향: 3(이성1~동성10)

선천성 치매 또는 장애: 검출기록 없음

용모 평가: 120(기준치: 70이상)

이하 생략.

[친권예정자 A평가: 총합]

경제 상황: 213(기준치: 100이상)

사회적 지위: 276(기준치: 100이상)

지능지수: 115(기준치: 70이상)

정신적 안정성: 125(기준치: 70~225)

병력: 특별히 없음

장애: 특별히 없음

이하 생략

[친권예정자 A평가: 생활 습관]

음주 빈도: 3(최소치0~최대치10)

알코올 의존도: 1(최소치0~최대치10)

흡연 빈도: 0(최소치0~최대치10)

그 외 의존증: 특별히 없음

이하 생략.

[친권예정자 A평가: 가치관]

현실성: 75(최소치1~최대치100)

논리성: 60(최소치1~최대치100)

예술성: 45(최소치1~최대치100)

유연성: 70(최소치1~최대치100)

지배성: 40(최소치1~최대치100)

중략.

종교적 편향: 135(기준치: 100~200)

정치적 편향: 245(기준치: 200~300)

이하 생략.

[친권예정자 B평가: 총합]

생존난이도 지수(일본): 45.5(최소치10~최대치100)
생존난이도 지수(세계): 57.9(최소치10~최대치100)

[종합평가 결과]

태아와 친권예정자 A 상생지수: 77(최소치10~최대치100)
태아와 친권예정자 B 상생지수: 83(최소치10~최대지100)
태아의 생존난이도: 3(최소치1~최대치10)
태아 출생 동의 확률(일본 통계치 기반): 97.8%

　십여 장에 달하는 계측보고서를 아래로 읽어가다 마지막 숫자를 확인하고서야 비로소 긴장이 풀렸다. 카오리 역시 안도의 한숨을 내쉬었다.
　'생존난이도'는 앞으로 태어날 아이가 살게 될 삶에 대한 괴로움 정도를 평가하는 수치를 의미한다. 이는 태아의 성별, 성적 지향, 국적, 출생지, 선천성 질환의 유무와 그런 종류에 대한 노출 확률, 지능과 재능, 부모의 경제 상황 및 사회적 지위,

부모와의 성향 적합도 등 여러 가지 항목에 대한 수치를 복잡하게 조합해 산출된다. 예를 들어 선천성 질환이 있는 쪽이 없는 것보다는, 부모의 사회적 지위가 낮을수록 아이는 삶을 괴로운 것으로 받아들인다. 이런 수치를 산출하기 위해 태아의 유전자 정보를 해석해야 할 필요가 있으며 현재 기술로는 임신 13주 미만의 태아는 검사가 불가능하다. 그런 이유로 오늘이 나의 첫 측정일이 되었다. 물론 각 수치가 삶의 괴로움 정도에 끼치는 영향은 시대에 따라 다르다. 수십 년 전 일본은 남성보다는 여성이, 이성애자보다는 동성애자 쪽이 삶을 한층 더 괴로운 것으로 받아들였지만 이후 차별해소법과 평등추진법 등이 법제화 되고 사회적 의식 수준도 개혁이 일어나 성별과 성적 지향이 이전만큼 큰 영향을 주는 요소가 아니게 되었다. 그러나 여전히 여성과 동성애자에 대한 차별이 존재하는 나라도 있으며 생존에 위협을 받는 지역과 문화가 남아 있어 성별과 성적 지향은 지금도 생존난이도를 평가하는 중요한 기준으로 삼을 뿐 아니라 설령 작은 수치라 할지라도 삶의 괴로움을 유발하는 원인에 포함된다. 이에 후생노동성은 3년을 주기로 조사를 실시해 조사 결과를 바탕으로 생존난이도를 조정하고 있다.

첫 검사는 오차가 큰 편이지만 아이의 성장에 따라 정밀도가 높아져요. 제가 보기에 두 분은 아이에게 아주 좋은 부모가 될 테니 아이도 안심하고 무사히 출생을 하리라 생각합니다.

의사는 부드러운 미소를 머금은 채 우리를 번갈아 바라보며 몇 번이나 고개를 끄덕였다. 나와 카오리도 서로를 보며 빙긋 웃었다.

생존난이도 계산에 있어 부모와의 궁합은 매우 중요한 요소로 작용한다. 그도 그럴 것이 카오리와 같이 동성애자인 자녀가 동성애를 혐오하는 부모에게 태어나면 서로가 불행해질 수밖에 없다. 이런 경우 태아와 부모의 궁합이 나쁜 것으로 보기 때문에 생존난이도가 훅 올라가게 되고 그에 따라 출생 동의 확률은 낮아진다. 태아의 생존난이도를 낮추고 싶다면 부모는 스스로의 가치관을 바꾸어야 한다. 이렇듯 부모와의 궁합을 정확하게 측정하기 위해 태아만이 아니라 부모도 테스트를 거치지 않으면 안 된다. 테스트는 부모의 가치관, 정치관, 종교관 등 다양한 인자를 조사해 이를 수치화한다. 부모의 가치관에 뚜렷한 편향성이 보이면 태아의 생존난이도는 높아질 가능성이 크다. 또한, 국내 및 세계의 생존난이도 지수도 산출되는데 이는 치안, 사회 번영 정도, 지정학적 리스크, 전란, 대량 파괴 병기 보유량, 기후, 환경 등 많은 요인을 고려해 국내외 삶의 괴로움을 반영한 수치다. 일본 지수는 후생노동성이 세계 평균지수와 국제적인 전문기관의 조사 결과를 종합해 매년 발표한다. 최근 들어 지구온난화와 이상기후, 환경 파괴 문제 등으로 세계 생존난이도 지수가 매년 높아지는 추세라 국제기관이 상향 조정을 발표할 때마다 큰 뉴스거리가 된다. 그나마 '누구나 살기 편한 사회'를 지향하는 정부의 노력으로 세계 평균과 비교해 보면 일본은 아직까지는 살기 편한 나라로 분류된다. 해면 상승으로 인해 가까운 미래에 수몰될 운명에 처한 나라는 생존난이도 지수가 100 가까이 올라 대부분의 태아가 출생에 동의하지 않는 걸로 나타난다고 한다. 전 세계 생존난이도 지수가 80을 넘게 되면 인류는 멸망의 길로 들어선다고 전문가들은 분석하고 있다.

현재 일본의 출생 동의 확률은 어느 정도인가요?

생각난 김에 물었다.

태아의 생존난이도는 최종적으로 1에서 10까지 10단계로 분류되어 1은 매우 살기 편한 상태이며 10은 매우 살기 괴로운 상태로 해석한다. 임신 9개월차에 접어들면 태아에게 특별한 장치를 통해 그 수치를 전달하고 동의 여부를 묻는다. '당신은 삶의 괴로움 지수가 3인 인생을 살 거라 예측되었습니다. 태어나는 데 동의합니까?' 이에 대한 반응 수치가 출생 여부를 판단하는 유일한 기준이 된다. 수치 하나로 결정되는 건 가혹하다는 비판도 있지만 이 세계의 지식을 아직 갖추지 않은 태아에게 그 이상의 정보를 전달하는 건 아직 불가능하다. 또한 갑작스러운 사고나 질병, 자연재해 등 예측이 어려운 미래의 사건에 따른 영향을 고려되지 않았기 때문에 이렇게 산출된 생존난이도에도 한계는 물론 존재한다. 그럼에도 인류 전체를 놓고 보면 그 영향력은 미미한 오차를 유발하는 요소일 뿐, 현대사회에 만연한 삶의 괴로움을 초래하는 치명적인 원인의 대부분이 유전자코드와 사회 사이의 상호 작용이나 경제 상황, 사회적 지위 등 측정가능한 편차를 통해 형성되었다는 건 수많은 사회학, 인류학, 그리고 생물학적 연구로 이미 증명되었다.

아, 그건 말이죠

의사는 키보드를 타닥타닥 두드리더니 표 하나를 컴퓨터 화면에 띄웠다.

일본 통계에 따르면 생존난이도가 5일 경우 출생 동의 확률은 95%에 이릅니다. 즉, 100명의 태아 중 95명이 출생에 동의한다는 뜻이죠. 생존난이도가 7이라 해도 동의 확률은 70%

네요. 물론 9까지 올라가면 25%까지 하락합니다만.

내 '출생 동의 증명서'에 기재된 숫자가 떠올랐다. 선천적인 질환이나 장애가 없고 지능적인 문제도 보이지 않는 평범한 일본인 부모 사이에 태어난 나의 생존난이도는 4였다. 그럼에도 지금껏 살아오는 동안 여러 좌절을 만났고 특별히 살기 수월한 인생이었다는 생각은 해 본 적이 없다. 생존난이도가 5라는 건 그런 나보다 인생 살기가 괴롭다는 의미가 된다. 그러나 5의 태아들조차 95%가 태어나는 쪽을 선택한다. 생존난이도가 7이라도 70%라는 건 아무리 살기 쉽지 않은 인생이라도 아이들은 이 세계에서의 삶을 받아들인다는 의미다. 아이들의 그런 강건함을 떠올리니 어쩐지 코 끝이 찡했다.

생존난이도가 1이라도 출생을 거부하는 케이스도 있지요?

그건 그렇기는 합니다. 우리와 마찬가지로 태아 역시 각기 다른 성격과 인격을 가지고 있으니까요. 도전 정신이 왕성해 어려운 인생이라 할지라도 살아보려는 아이가 있는가 하면 반대로 태어나는 일이 무서워 내내 거부 의사를 표현하는 태아, 특별한 이유 없이 때에 따라 거절을 하기도 또 그렇지 않은 기분파도 있고요. 아무래도 그런 경우 산부인과 의사로서 곤란한 건 사실입니다.

아무 말도 하지 않는 카오리의 불안을 간파한 의사는 부드러운 목소리로 안도의 말을 건넸다.

걱정 말아요. 태어나는 것도 태어나지 않는 것도 태아의 뜻이예요. 아이를 아끼는 마음으로 성장을 지켜보며 의사를 존중하는 것도 부모의 일입니다. 태아도 분명 부모의 기대에 응답해 주리라 믿어요.

선생님 말씀이 맞아. 그러니까 우리 너무 걱정하지 말자. 괜찮을 거야.

카오리의 손을 꼭 잡으며 나는 그렇게 말했다. 그리고 그 말은 나 자신에게 들려주는 말이기도 했다. 분명 괜찮을 거야. 97.8%의 확률은 그렇게 쉽게 예상을 벗어날 수치가 아니야.

카오리 역시 내 손을 꼭 움켜쥐고 있음을 느낄 수 있었다. 그녀의 부드러운 피부에서 온기와 함께 강인한 의지를 느꼈다. 그건 보고서에 적힌 어떤 숫자보다 나를 안심시켰다.

진료비 계산을 마치고 카오리와 손을 잡고서 병원 문을 나섰다. 이미 추분이 지난지 한참임에도 기온은 여전히 높았고 밖으로 나서자마자 맹렬한 열기가 정면으로 달려들더니 온몸을 감쌌다.

으으, 뜨거워! 도대체 어떻게 된 걸까, 지구는?

이마에 손그늘을 만들며 카오리가 투덜거렸다. 이런 미친 세상에 아이들이 참 잘도 태어나 주네. 어휴, 나라면 절대 싫을 거 같아.

일본은 그나마 나은 편이야. 어떤 데는 사막화가 되고 감당하기 힘든 열기 때문에 사람이 거의 살 수 없게 된 나라도 있어.

하긴… 우리 그냥 택시 타고 갈까?

빙긋 미소를 지으며 카오리가 물었다. 이 병원은 역에서 가장 가까운 곳에 있어 집까지 도보로 20분 정도라 못 걸을 거리도 아니지만 내가 힘들거나 뙤약볕 속을 걷는 일이 몸에 부담을 줘서 태아에게 좋지 않은 영향을 줄 수도 있다며 그녀는 항상 택시를 잡아주고는 한다. 평소 같으면 그런 그녀 말에 순순히 그러자고 하겠지만 오늘은 생존난이도 측정 결과를 처음으로 실감한 날이라 그런지 어쩐지 사부작사부작 걷고 싶은 기분이었다.

우리 그냥 걸어가자! 상가도 좀 들리고.

이렇게 더운 날씨에?

카오리는 뭐라뭐라 투덜대면서도 내 말을 들어주었다. 내가 양산을 꺼내 펼치자 그녀도 안으로 들어왔다. 그때 갑자기 어디선가 웅성거리는 소리가 났다. 소리가 들리는 방향으로 눈을 돌리니 한 무리의 시위대가 상가 모퉁이를 돌아 역 앞 큰 길까지 나온 참이었다. 10여명으로 이루어진 시위대는 경찰과 경비 로봇의 엄호 속에서 구호를 외치며 걷고 있었다. 가까이서 본 시위대는 참가자 대부분이 여성이었고 선두의 세 명이 들고 있는 현수막에는 '아이에게 자연스러운 탄생의 기쁨을! 위선적인 합의 출생제도 즉각 철폐!' 이런 문구가 쓰여 있었다. 다른 참가자들 손에 들린 '아이를 낳는 건 죄가 아니다!' 이런 플래카드도 보였다. 우리가 서 있는 산부인과 앞에서 리더로 보이는 인물이 큰소리로 외치자 다른 이들이 병원을 향해 엄지손가락의 위치를 아래로 내리는 포즈를 취하더니,

최악!

국가권력의 개!

정신 차려라!

부끄러운 줄 알아라!

생명을 빼앗지 마라!

이런 비판을 퍼부었다.

그렇게 자연이 좋으면 차라리 다 벗고 정글에나 가면 될 걸!

시위대의 모습을 보며 카오리가 냉소적으로 말했다. 저런 식으로 자연이 어쩌고 생명 존중이 저쩌고 하는 사람치고 현대

문명을 벗어나면 잠시도 못 살걸? 자신의 욕망만 타인에게 강요하고 싶어한다고.

뉴스에서 본 자연 출생주의를 주창하는 신흥 종교단체가 떠올라 나도 기분이 나빠졌다.

자신들이 범죄 예정자라는 자각이 없는 걸까?

어떤 시대나 자연과 전통, 도덕 등을 입에 담으며 마음에 들지 않으면 배제하고 싶어하는 어리석은 보수주의자들이 있기 마련이지. 예전엔 동성애가 전통과 맞지 않네, 낙태는 자연의 섭리에 어긋나네, 남녀평등은 반도덕적 망상이네, 이런 바보 같은 소리를 지껄이는 것들도 있었으니까.

소설을 쓰는 작가답게 카오리는 오래된 잡지나 신문, 문학작품을 자료로 많이 수집해서인지 옛날 일에 관해 아주 잘 알고 있었다. 그녀 말대로 새로운 무언가를 도입하려 할 때 먼저 거부반응을 보이는 건 인간의 타고난 천성일지도 모른다. 합의 출생제도 도입이 검토되었을 때도 다양한 반대 의견이 있었다고 한다. 생물의 자연스러움에 어긋난다는 것이 대표적인 이유였다. 자연의 본질이 무엇인지 나는 잘 모르지만 수천수만 km 떨어진 사람과도 대화를 나누거나 육안으로는 볼 수 없는 미세한 집적회로를 수천억 개 조합한 로봇을 만들고 음속을 넘는 빠른 속도로 하늘을 나는 일 등이 일상이 된 인류에게 이제는 자연이라는 것을 바랄 수는 없지 않나 이런 생각이 든다. 그 외에도 태아로부터 '동의'를 받는 기술의 정확성을 의심하는 의견, '생존난이도'는 그저 숫자일 뿐 다른 단서가 일체 없는 데다 세상에 대해 아무것도 모르는 태아에게 출생이라는 중대한 의사결정을 강요하는 일의 윤리적 정당성과 의사 결정의 유효성에 의심을 품는 의견, 반대로 부모 쪽의 생식과 건강, 인권이 훼손되는 걸 염려하는 의견 등 여러 가지 그럴 듯한 말들이 난무하며 격렬한 논쟁이 벌어졌다. 그중에는 국가가 우생학적으로 국민을 선별하려는 수단이라며, 생존난이도의 계측의 진짜 목적은 국민의 가치관과 정치관을 파악하기 위해서라는 의견까지 다양한 음모론이 교묘하게 퍼져 있다. 합의 출생제도가 도입된 지 30년 가까이 흐른 지금까지도 반대파는 어느 정도 존재하고 있는 것이 사실이지만 정치를 움직일 만큼의 권력은 갖고 있지 않아서인지 뭐 그런 생각도 할 수 있겠다는 선에서 정리되는 경우가 많다.

30년도 더 전에 오갔던 논란 같은 건 나로선 교과서나 오래된 잡지 등에서 본 게 전부라 어떤 의견이 옳고 어떤 의견이 틀린지 솔직히 잘 모른다. 다만, 합의 출생제도 철폐를 주장하는 사람들을 실제로 눈앞에서 보게 되니 본능적인 혐오와 공포를 느끼지 않을 수 없었다. 그들은 부모의 뜻만으로 아이의 출생을 결정하는 일을 나쁘다고 보지 않는다. 탈출이 어려워 수십 년 동안 이어질 병과 늙음의 고통이 필연적으로 수반되는 인생의 짐을 아이의 뜻을 무시한 채 아무렇지 않게 아이에게 떠넘기려 한다. 그런 윤리관을 가진 이들의 마음을 나로선 도저히 이해할 수가 없다. 그들이 요구하는 것은 살인죄 철폐와 별반 다르지 않다는 생각이 들었다.

우리 그냥 택시 타고 가자.

상가를 돌아볼 기분은 이미 사라져 그저 한시라도 빨리 이 장소를 벗어나고 싶었다. 입덧과는 다른 구토감이 치밀어 올라 가슴을 억누르며 간신히 참았다.

그래, 얼른 돌아가서 쉬자.

그렇게 말하는 카오리가 손을 들어 마침 지나가던 택시를 잡더니 내 손을 이끌어 함께 탑승했다.

3

출산 휴가에 들어간 리리카에게 전화가 걸려온 건 11월의 어느 밤이었다. 저녁 식사 후 카오리는 자신의 방에서 작업 중이었고 나도 내 방에서 지친 다리를 안마 로봇에 맡긴채 마사지를 받고 있을 때 휴대폰이 울리기 시작했다.

미안하지만 부탁하고 싶은 게 있어서. 말을 꺼내는 리리카의 목소리는 평소의 자신감 있는 어조와는 달리 조금 잠긴 느낌이었다. 출산이 가까워져 컨디션이 다운된 건가, 이런 생각을 하며 무슨 일인지 물으니 리리카는 처음엔 침묵을 이어가다 주저하는 듯한 말투로 한참 지나서야 진짜 용건을 꺼냈다.

다음 주 수요일이 드디어 태아에게 출생 의사를 묻는 날인데…

아, 곧이네.

그러고 보니 리리카의 예정일은 12월 중순이었다.

남편이 갑작스러운 일로 미국에 출장을 가지 않으면 안 되나 봐.

나는 가만히 다음 말을 기다렸다. 리리카의 용건이 무언지는 대략 알 듯했다.

그날 아무래도 혼자 병원에 가는 건 무서워서 말이야…

같이 가주면 좋겠다는 말이지?

리리카는 아무 말도 하지 않았지만 그 침묵의 의미를 알고도 남았다. 나는 그녀가 눈치채지 못하도록 조용히 한숨을 쉬었다.

병원 예약일 변경은 어려운 거야?

그이는 11월 내내 해외 출장 예정이라서…

저기 말야,

더는 참지 못하고 하고싶었던 말을 하고 말았다.

어째서 중요한 일을 앞두고 있다는 걸 뻔히 알면서도 해외 출장 같은 걸 가는 거야? 그날이 얼마나 중요한 날인지 그는 알긴 하는 거야? 정기검진 같은 게 아니잖아. 태아의 출생 의사를 묻는 자리라고. 아기가 태어날지 말지를 정하는 일생일대의 큰일이라고.

당연히 알지!

남편을 안 좋게 말해 마음에 걸렸는지 리리카는 강한 어조로 변명했다.

승진이 걸린 중요한 일이라 도저히 뺄 수가 없대. 출산 때는 무슨 일이 있어도 반드시 함께 할 테니 이번 한 번만 봐 달라고 간곡하게 부탁을 하더라고.

이번에는 속으로만 한숨을 내쉬었다. 이래서 남자들이란. 이런 생각이 들었다. 편견이라는 건 너무 잘 알고 있지만 이성애자 여성은 참 가엾다고 생각하지 않을 수 없었다. 생명을 탄생시키기 위해 여자는 말 그대로 온몸과 마음을 바쳐 정성을 쏟고 있음에도 남자는 먼 산 보듯 한다. 내 몸에 새 생명을 품는 일이 어떤 건지, 그게 자기 일이라는 이해가 있기는 할까?

최근 나도 태동을 느끼기 시작했다. 톡톡, 톡톡, 문을 노크하듯 가벼운 진동이 지속되는가 하면 때로는 쿵쿵, 쿵쿵, 격렬한 반응이 올 때도 있다. 그런 생명의 신호가 뱃가죽 한 장을 사이에 두고 내 몸 전체로 전해진다. 그때마다 내 몸은 나 혼자만의 것이 아니구나, 또 하나의 생명이 내 몸을 빌려 살고 있구나, 하는 실감이 들었다. 하나의 몸 안에 두 영혼이 깃들어 있는 것이다. 아직은 조그맣고 연약한 영혼이 내 배 속에서 손과 발을 뻗고 몸을 회전시키며 딸꾹질 같은 걸 한다고 생각하니 넘치는 사랑으로 마음이 촉촉하게 젖어왔다. 어차피 남자들이란 방관자일 뿐이다. 그들은 절대 알지 못할 것이다. 생명을 받아들이는 일의 환희를, 임신 기간 동안 느끼는 낯선 피로감과 평소에는 밀물과 썰물처럼 규칙적이던 호르몬 농도의 상승과 하강이 임신과 함께 해일로 바뀌어 몰려오는 그 감각을. 고노 부장이나 리리카의 남편이 만약 아기가 태어나기까지 10개월이라는 과정이 지니는 시간의 무게를 알고 있다면 출생 의지를 묻는 그날 자리를 비운다는 건 생각조차 할 수 없는 일일 테다.

알겠어. 내가 같이 가 줄게.

한심한 남편을 두었다 해서 리리카 혼자 가게 둘 수는 없었다.

시간이랑 장소 남겨줘.

T대학 부속병원은 도쿄의 주요한 종합병원 중 한 곳으로 정부가 인가한 출생 의사확인 인증 병원이기도 하다. 밝고 청결한 로비는 오가는 환자와 간호사들로 꽤나 분주한 가운데 원하는 진료과를 찾지 못해 원내를 헤매고 있는 듯한 고령의 환자나 환자복을 입고 링거 병을 매단 채 이동 중인 입원 환자가 몰려 있었고, 용도를 알기 어려운 캐스터가 주렁주렁 달린 의료 로봇이 여기저기 활주하고 있었다.

검사동의 출생 의사 확인검사실 바깥에 있는 대기실에서 리리카와 나는 순서를 기다리고 있는 중이다. 평소엔 늘 밝은 리리카지만 오늘은 깍지 낀 자신의 양손을 묵묵히 바라만 보고 있다.

괜찮을 거야. 그러니 걱정하지 마.

조금이라도 그녀를 안심시키고 싶어 나는 그녀의 어깨를 가볍게 안고서 쓰다듬었다. 나와 병원에서 만난 그녀는 먼저 산부인과 진료실에서 문진을 받고, 키와 몸무게, 혈압 등 기본 검사를 받은 후 가장 최근의 '생존난이도 계측 보고서' 결과를 재확인했다. 출생 의사 확인 검사 예약표를 받아 들고 검사동으로 향할 때만 해도 리리카는 평소와 같이 밝은 표정을 띄고서 활기찬 어조로 말했다. 그러나 검사 대기실에 자리를 잡자 조금 전의 공기는 어디론가 사라지고 곁에서 봐도 금세 알 수 있을 정도로 긴장하고 있었다.

동의라고 할 확률이 높으니 분명 좋은 결과가 나올 거야.

말은 그렇게 했지만 리리카가 지금 느낄 불안감을 알고도 남았다. 가장 최근의 검진결과에 따르면 그녀의 아기는 생존난이도가 '4'로 출생 동의 확률이 96%였다. 그렇게 쉽게 예상을 벗어날 만한 수치는 아니지만 그럼에도 100명의 태아 중 4명이 출생을 거절한다는 뜻이 된다. 현재 일본에서는 매년 60만 명의 아이가 태어나고 있으니 생존난이도를 따지지 않고 4%

의 확률을 단순 계산하면 2만 5천명의 아이가 출생을 거부하고 있다는 결과가 나온다. 내 배 속에 있는 아이가 그 2만 5천명 안에 들어가지 않을 거라는 보증은 어디에도 없다. 남자에게는 96%가 커다란 확률을 뜻하는 수치로밖에 보이지 않을 수도 있겠지만 엄마에게는 자기 몸 안에서 고이고이 9개월을 키워온 아이가 태어나지 않겠다는 결정을 할지도 모른다고 생각하면 절대 무시할 만한 수치는 아니다. 실제 대기실에서 기다리고 있는 임산부들은 하나같이 긴장한 표정이었다. 다들 출생 동의 확률이라는 숫자 뒤에 숨겨진 다른 가능성에 대해 걱정하고 있음에 틀림이 없다. 순번이 돌아왔다는 차임벨 소리가 울릴 때마다 아직 내 차례가 아니란 걸 알면서도 스크린에서 점멸하고 있는 숫자를 향해 일제히 고개를 들었다.

이렇듯 숨 막힐 듯한 대기실 공기와는 달리 임산부의 배우자로 보이는 남자들은 대부분 별 생각이 없어 보였다. 만약 검사 결과가 출생 거부일 경우 그들은 자신의 부인에게 무슨 말을 할까? 이번에는 유감스럽게도 이렇게 되기는 했지만 다음 번에 또 기회가 있을 테니 그때 더 노력해 보자, 이러지 않을까.

리리카 뭔가 마실 거라도 사올게. 목 마르지 않아?

아직 순서가 오기까지 시간 여유가 있길래 그녀에게 물었다.

물이 좋겠지?

응, 고마워.

리리카의 혼잣말 같은 대답을 듣고 나는 조용히 일어나 병원 지하에 있는 매점으로 향했다. 생수 두 병을 들고 대기실로 향하는 도중 뭔가 소란한 목소리가 들려 두리번거리니 수납 데스크 가까이 놓인 TV 앞에 사람들의 시선이 일제히 화면을 향하고 있는 광경이 눈에 들어왔다. 그 뿐만 아니라 제복 차림의 간호사와 하얀 가운을 걸친 의사 등 의료관계자들이 충격에 휩싸인 표정으로 긴박하게 발걸음을 옮기거나 통화를 하는 모습이 보였다. 사람들이 혼잡해 TV화면이 잘 보이지 않았다. 무슨 일인지 궁금해 모바일로 뉴스를 확인하자 소동의 원인이 무엇인지 금세 알 수 있었다. 방금 전 도내 주요 종합병원 중 하나인 S국제병원이 테러를 당해 폭발로 인해 6개동 중 본관을 비롯한 3개동이 반파되었고 사상자 수는 현재 정확히 파악되고 있지는 않지만 직원과 환자를 포함해 수백 명이 희생된 것으로 보인다는 내용이었다. S국제병원이 출생 동의 검사 인증병원 중 한 곳인 점 등으로 미루어 경찰은 이 테러를 무차별 출생주의를 주장하는 신흥 종교단체 '천애회'의 공격이라 보고 조사를 진행할 예정이라고 한다. 하필 오늘 같은 날, 뉴스를 본 순간 리리카가 이걸 알게 해서는 안 된다는 생각이 가장 먼저 들었다. 합의 출생제도를 표적으로 한 테러라는 사실을 알게 되면 가뜩이나 긴장하고 있는 그녀가 커다란 충격을 받을게 분명하다. 출생 의사를 확인하는 날 아이를 임신한 엄마의 정신상태는 태아의 의사에 영향을 끼친다고 알려져 있기 때문에 어떻게 하든 리리카만은 모르게 하고 싶었다. 그러나 이미늦었음을 대기실로 돌아왔을 때 알 수 있었다. 원래도 긴장감으로 가라앉아 있는 곳에 다른 종류의 공기가 더해져 그곳에 있는 사람들의 얼굴은 명백하게 동요와 불안, 혼란이 뒤섞인표정이었다. 소근소근 귓속말을 하고 있는 사람, 핸드폰을 귀에 대고 있는 사람, 감정이 폭발해 울음을 터뜨린 사람, 기분이 좋지 않은지 손으로 입을 가리고 있는 사람들이 눈에 들어왔다. 담당 간호사와 검사 기사로 보이는 직원들도 심각한 얼굴로 뭔가를 속삭이고 있었다. 검사가 일시 중단된 듯 내가 대기실을 나선 후 번호가 더 이상 진행되고 있지 않았다.

리리카, 물 마셔.

생수병을 리리카에게 내밀었지만 리리카는 말없이 물병을받기만 할 뿐 마시려 들지 않았다.

뉴스에 대해선 일단 깊이 생각하지 마. 아이에게 영향을 줄

지도 모르니까.

리리카는 그런 내 말이 귀에 들어오지 않는지 새파랗게 질린 얼굴로 아무 말도 하지 않았다. 나는 한숨을 내쉬며 다시 말을 이어갔다.

크게 쇼크를 받았을 거 알아. 하지만 아이를 먼저 생각하자.

같은 여자로서, 심지어 임신한 엄마의 한 사람으로 얼마나 큰 충격을 받았을지 충분히 이해가 갔다. 이 세상엔 아이에게 의사를 묻지 않고 아이를 태어나게 하는 사람들이 존재한다는 것, 그런 자신들의 사상을 퍼뜨리기 위해 벌인 테러로 수백 명의 목숨이 불합리하게 빼앗긴 것, 만일 오늘 일어난 사건의 표적의 S국제병원이 아닌 T대학 부속병원이었다면 지금쯤 우리는 이미 죽은 목숨이 되었을지도 모른다는 것. 외려 쇼크를 받지 않는 게 이상한 일이다. 그러나 리리카가 한 말이 내 허를 찔렀다.

아야카, 내 말 좀 들어봐.

리리카는 고개를 숙인 채 중얼거리듯 말했다. 지금까지 들어본 적 없는, 우주에 떠있는 듯한 그런, 기묘한 환상에 사로잡혀 넋을 잃은 듯한 목소리였다.

뉴스를 듣자마자 다행이다 생각했어. 뭐랄까 일순 해방된 느낌이었달까. 그들이, 테러를 일으킨 그 사람들이 나는 부러웠어.

생각지도 않았던 그녀의 고백에 나는 어떤 반응을 보여야 할지 멍했다.

다음 순간 내가 무슨 생각을 했냐면, 그런 생각을 하는 나 자신이 징그러웠지만 분명 그 순간, 합의 출생제도 같은 건 없어졌으면 좋겠다는 마음의 소리가 들려왔어. 그들의 행동은 잘못되지 않았다. 잘못하는 건 바로 우리다. 더 해주기를 바라고 있었어. 이 제도가 폐지될 때까지 몰고 가 주면 좋겠다. 그런 소리가. 이 제도만 없었다면 내가 지금 벌벌 떨며 검사받지 않아도 됐을 텐데.

하지만 그건 부모의 마음이 아니야.

나도 모르게 그렇게 되받아치자 리리카는 고개를 들어 나를 잠시 바라보았다. 리리카의 얼굴에는 지금까지 단 한 번도 본 적 없는 슬픈 눈빛이 서려 있었다.

나도 물론 알고 있어. 그래서 그런 생각을 하는 나 자신이 싫었던 거고. 부모 자격 없다고 자책했어. 하지만 이런 못난 엄마라도 역시 이 아이를 낳고 싶다고, 세상에 태어나주면 좋겠다고, 그렇게 생각하지 않을 수 없었어.

말을 친 리리카가 다시 고개를 숙이고는 아무런 말도 하지 않았다.

리리카에게 한 내 말을 후회했다. 아무리 내 말이 옳다 해도 리리카의 기분을 먼저 생각해야 했다. 가뜩이나 마음이 불안한 그녀에게 입바른 소리에 불과한 말들로 상처를 주는 건 너무 잔인한 일이다. 인간은 완벽한 존재가 아니다. 살인이 죄라는 건 누구나 알고 있지만 사실 누군가를 증오해 없애 버리고 싶다는 욕망은 누구나 품을 수 있다. 살의라 불리는 그런 감정은 때로 속절없이 마음 속에서 부풀어 올라 스스로를 괴롭힌다. 그와 마찬가지로 내 마음이 이끄는 대로 아이를 낳아 세상에 내놓고 싶다는 '산의' 또한 누구나 가질 수 있는 지극히 보편적인 감정인 것이다. 살의와 산의 모두 내 의지가 통하지 않는 지점에서 타인을 마음대로 조종하고 싶어하는, 어쩌면 인간이 지닌 가장 근본적인 욕망이 극대화된 것이다. 당연한 말이지만 그런 감정을 품는 것과 실제로 행하는 건 하늘과 땅 차이다. 리리카 역시 실제로 아이를 강제로 낳거나 진심으로 합의 출생제도가 없어지길 바래 그렇게 말한 건 아니라고 생각한다.

미안해. 내 말이 심했어.

리리카에게 사과했다.

리리카는 좋은 엄마야. 그러니까 배 속의 아이도 분명 태어나고 싶다고 할 거야. 지금은 우선 마음을 차분히 하는 게 가장 중요한 일이니까 너무 깊이 생각하지 말자.

리리카는 희미한 미소와 함께 천천히 고개를 두 번 끄덕였다. 그리고 뚜껑을 열어 물을 한 모금 마셨다. 안색이 차츰 원래대로 돌아오는 모습에 나는 안도했다. 시간이 꽤 흐른 후 검사가 재개되었다. 다른 병원에서 테러가 일어났다고 이곳까지 업무를 중단해서는 안 된다고 판단했으리라. 마침내 리리카의 번호가 화면에 나타났고, 우리는 간호사의 안내에 따라 검사실로 들어갔다.

검사실 안은 컴퓨터와 고가의 의료장비가 몇 대나 놓여 있었고 스크린에는 아무리 봐도 그 의미를 알 수 없는 여러 가지 숫자로 즐비했다. 이제는 익숙해진 산부인과용 검사 의자도 있었는데 사방이 커튼으로 둘러져 있었다. 우리가 들어가자 책상 저편에 앉아 있던 40대 정도의 여성 검사기사가 우리 쪽으로 시선을 돌리더니, 배우자도 함께 오신 거죠? 라는 질문과 동시에 시선이 컴퓨터 화면으로 되돌아 갔다.

환자 정보에 의하면 배우자는 남성으로 기재가 되어 있는 데요…

아, 죄송합니다. 저는 리리카의 친구로 배우자에게 사정이 생겨 함께 올 수 없어 제가 대신 왔습니다.

배우자보다 더 의지가 되는 친구인가 보군요. 그럼 이쪽으로 오시죠.

기사가 권한대로 의자에 앉으니 지금까지 몇 번이나 들었던 검사에 대한 설명을 시작했다.

우선 가장 최근의 생존난이도의 계측 결과를 바탕으로 도출된 가중평균치로 검사에 사용할 최종 수치를 산출한다. 1에서 10까지의 단계가 있으며, 해당 수치를 '태어나겠습니까?'라는 확인문과 함께 보통문법에 기초한 코드 즉, 태아가 이해 가능한 코드로 변환해 기기에 입력하면 생체전류 형태로 태아에게 전달되어 출생 의사를 확인하게 되는데, 기계는 길이가 긴 내시경과 같은 모양으로 그걸 배 속에 넣어 태아와 직접 접촉해 전류를 보내는 방법으로 진행된다. 기기의 동작 오류나 정보 전달 오류, 혹은 태아의 기분과 같은 불확실한 요소를 최대한 배제하기 위해 이 과정을 총 3회 반복한 후 3회 모두 동일한 결과가 나오면 그 결과를 채택한다. 만일 결과가 일치하지 않을 경우에는 재검사를 진행하게 되고, 재검사 때 결과치가 저마다 다르면 '합의'로 간주한다.

검사 전 본인 확인 및 컨디션 체크가 끝나자 정기검진 때와 마찬가지로 리리카는 검사복으로 갈아입은 후 내진의자에 올랐다. 간호사가 커튼을 치자 리리카가 커튼 너머로 내 손을 잡았다. 떨리는 그녀의 손을 나는 두 손으로 감쌌다. 커튼 내부는 보이지 않았지만 의자가 작동하는 소리나 기사의 움직임으로 검사가 이루어지고 있음을 알 수 있었다. 기사는, 들어갑니다, 릴랙스 해주세요, 안이 조금 얼얼할 거예요 같은 말을 건네며 정중하게 기계를 조작해 검사를 진행했다. 의료기기와 연결된 스크린에는 프로그래밍 언어로 보이는 코드가 분주하게 움직였고 그걸 확인하며 기사는 고개를 끄덕이거나 갸웃거렸다.

검사를 종료합니다. 수고하셨습니다.

채 10분도 지나지 않아 검사가 끝났다는 기사의 목소리가 들려왔다. 리리카가 의자에서 내려와 옷을 갈아입는 동안 기사는 컴퓨터 자판을 두드리며 무언가를 프린트했다. 그 종이엔 당연한 말이지만 검사 결과가 인쇄되어 있을 것이다. 검사 결과는 현장에서 바로 알 수 있어서 '동의'일 경우 다음 산부인과 진료 때 자격을 갖춘 의사가 공증인이 되어 출생 동의 증명서를 발행해 준다. 만의 하나 결과가 '거절'이면 임신취소 수술을 해야 하며 수술 예약은 그날 해도 무방하지만 마음을 정리하고 배우자와 충분한 대화가 필요할 경우에는 후일 전화나 인터넷을 통한 예약도 가능하다.

검사를 마친 리리카가 자리로 돌아오자 직접 만져보지 않아도 리리카가 몹시 떨고 있다는 걸 느낄 수 있었다. 지난 9개월간 내 몸안에서 무럭무럭 자란 새 생명이 과연 태어나고 싶어할지 그렇지 않으면 태어나지 않고 사라지기를 원하는지 곧 알게 된다.

축하합니다!

기사가 검사 결과 보고서를 내밀며 미소를 띄운 얼굴로 축하 인사를 건넸다. 종이로 시선을 떨어뜨리자 세 번의 검사 결과 모두 '동의'라 쓰여 있었다. 그제서야 리리카는 안도의 한숨을 길게 내쉬었다.

거봐, 내가 그랬지? 분명 괜찮을 거라고. 리리카, 축하해!

나는 그녀를 와락 끌어안고 진심을 담아 축하 인사를 건넸다.

고마워. 정말 정말 고마워, 아야카.

그렇게 말하는 리리카의 표정은 행복 그 자체였다. 리리카가 건강한 사내아이를 무사히 출산했다는 소식을 들은 건 그로부터 한 달 후 크리스마스를 앞둔 어느 추운 밤이었다.

올 겨울은 지구온난화를 깡그리 잊게 만들 정도로 추웠다. 물론 그렇다 해도 10년 전이나 100년 전과 비교하면 분명 평균 기온이 상당히 올랐고 도쿄에 눈이 전혀 내리지 않게 된 지 오래지만 그럼에도 겨울은 역시 추운 계절이었다. 크리스마스가 지나고 연말연시 즈음부터 그다지 눈에 띄지 않던 배가 급격히 부풀어 오르기 시작했다. 누가 봐도 이젠 임산부임을 알 수 있을 만한 크기가 되어가고 있었다. 명절이라지만 딱히 고향에 내려가지 않는 나와는 달리 매년 정월 초하루에는 꼭 요코하마의 본가에 내려가 자기 엄마와 함께 시간을 보내던 카오리가 이번 설에는 내려가지 않고 나와 보내기로 했다.

배가 나와서 여러 가지로 엄청 불편할 거야.

나 혼자서도 괜찮다니까. 자기는 진짜 못 말리는 사서 고생이야!

말은 그리 했지만 그녀의 마음 씀씀이가 고맙고 기뻤다. 서로 궁합이 잘 맞는데다 온화한 성격들이라 그런지 그녀와 알고지낸 지난 10년 가까이 단 한 번도 싸움다운 싸움을 한 기억이 없다. 물론 상대방의 생활 습관이나 언행 등 사소하게 거슬리는 부분 때문에 부딪힐 뻔한 적이야 몇 번 있었어도 항상 어느 한 쪽이 언짢은 기색이 보이면 곧 물러서서 상대의 기분을 살피거나 달래고는 했다. 서로의 역할이 어느 하나로 딱히 굳어지지 않아서인지 절묘하게 균형을 유지할 수 있었다. 처음으로 둘이서만 보내는 설 연휴는 즐거웠다. 우리 새 옷 사러 가자, 카오리가 권하는 대로 우리는 도심에 있는 대형 백화점에 가 새로운 한 해를 맞이하기 위해 새 옷을 몇 벌인가 구입했다. 곧 필요하게 될 임부복도 같이 골랐다. 성격이 급한 카오리가 아기 옷과 유모차까지 사려고 하길래 그건 역시 너무 빠르다고 말리기는 했지만 아기가 태어나길 함께 기다리고 있는 이 순간이 너무 행복했다. 새해 첫날 절에서 같이 기도를 드리고 새해 운세도 뽑았다. 카오리는 길(吉), 나는 대길(大吉)이었다.

한 달에 한 번 하는 정기검사 결과도 순조로웠다. 미세한 수치의 변화는 있었으나 산출된 생존난이도는 매번 3이나 4로 출생 동의 확률도 높은 수준을 유지하고 있었다. 아직 얼굴모습은 확인이 어려웠지만 확실하게 내 몸 안에서 무럭무럭 자라고 있는 아기와의 첫 만남을 상상하면 도무지 차분해지기 어려웠다.

생각지도 못한 손님이 우리 집에 방문한 건 2월 중순의 달도

뜨지 않은 어두운 밤의 일이다. 봄의 도래가 아득히 멀게 느껴질 만큼 추운 날씨가 이어져 난방이 잘 되는 따뜻한 방에 그저 틀어박혀 지내는 나날들이었다. 갑자기 초인종이 울렸다. 카오리는 북 콘서트 참석을 위해 외출 중이라 집엔 나 혼자였다. 택배로봇인가 싶어 인터폰 스크린으로 확인해보니 로봇이 아닌 사람 한 명이 문 밖에 서 있었다. 모자를 푹 눌러쓴 탓에 얼굴이 잘 보이지 않았다. 낯선 이에 대한 경계심으로 그냥 무시하려 했으나 다시 초인종이 울리고 동시에 문 두드리는 소리가 온 집안에 울려 퍼졌다. 이대로면 이웃에 민폐를 끼치는 일이 된다. 나는 문 앞에 서서 만일을 대비, 한 손에는 핸드폰을 꼭 쥐고 물었다.

누구시죠?

아야카?

그건 언니 목소리였다.

언니?

응, 아야카, 나야. 문 좀 열어줘.

평소의 달짝지근한 목소리와는 달리 어딘가 침착하지 않은 어조를 띠고 있기는 했지만 분명 언니였다. 문을 열자 카키색 트렌치 코트에, 모자가 드리운 그림자 때문인지 다소 초조한 표정으로 보이는 언니가 눈앞에 서 있었다.

갑자기 어쩐 일이야?

언니는 작년에 만났을 때처럼 여전히 짙은 화장을 하고 있었지만 그럼에도 어두운 안색은 가려지지 않았고 모자를 벗자 덥수룩한 머리카락이 꽤 헝클어져 있었다. 차가운 바람 속을 달려오기라도 한 걸까? 눈가에 눈물자국이 보였다. 언니를 거실로 안내하고 뜨거운 홍차를 내려 설탕과 함께 내놓았다.

오느라 힘들었을 테니 따뜻한 차부터 일단 마셔. 디카페인이기는 한데 괜찮지?

홍차에 설탕을 듬뿍 넣고 휘휘 저어 한 모금 마신 언니는 그제서야 평온을 되찾은 듯했다.

아야카, 고마워.

언니는 희미하게 미소를 짓고 있었지만 어딘지 모르게 억지로 만든 것만 같은 느낌을 지우기 어려웠다.

언니 연락이라도 먼저 주지 그랬어.

미안, 핸드폰을 잃어버려서…

핸드폰을 분실했다고? 내 기기 찾기 해 봤어? 분실물 센터에 연락은?

괜찮아. 새것으로 다시 사면 되지 뭐.

어디서 잃어버린 건지는 기억해? 지하철?

아니, 잘 모르겠어.

한숨이 나왔다. 어쩜 이렇게 한심할까?

그런데 정말 무슨 일이야?

언니는 내 질문에는 대답하지 않고 가만히 손을 뻗어 이제 나올 만큼 나온 내 배를 부드럽게 쓰다듬기 시작했다.

여기 아야카의 아기가 있는 거지? 임신 8개월쯤 되었으니 이제 얼마 안 남았네…

그러게 벌써 8개월이라니.

예정일은 언제야?

4월 중순. 그래서 3월부터는 산휴에 들어가.

그럼 출생 동의를 들으러 가는 건 다음 달이 되겠구나. 어디라고 했지?

T대학 부속병원.

리리카의 일도 있고 해서 카오리와 상의 끝에 그 병원으로 정했다. 다니던 산부인과 담당의에게 이미 소개장도 받아 두었다.

그건 왜 물어보는 거야? 나중에 언니가 아기 낳을 때를 위해 참고로 하려구?

하지만 언니는 나의 그 질문에 아무런 반응을 하지 않았다. 이런 식으로 언니 텐션에 휘말리는 거야 익숙한 일이긴 하지만 이번엔 뭔가 다른 느낌이었다. 조금씩 표정이 가라앉더니 찻잔을 테이블 위에 올려놓은 후 시선을 양 무릎 사이로 떨어뜨리고는 입을 꾹 다물었다. 평소와 다른 분위기임을 감지하면서도 언니의 그런 미적지근한 태도에 나는 짜증이 났다.

언니, 그렇게 가만히 있지만 말고 뭐라고 말 좀 해봐. 갑자기 찾아와 이러는데 이유가 있을 거 아냐?

그렇게 몰아세우자 언니는 그제서야 결심이라도 한 듯 얼굴을 들고 나를 빤히 쳐다보았다. 나도 언니의 시선을 피하지 않고 맞받아치듯 바라보았다.

아야카, 내 말 잘 들어.

그렇게 운을 뗄 땐 언니의 목소리는 지금까지 들어온 여유만만하고 달짝지근한 어투와는 달리 다급한 긴박감이 감돌고 있었다. 손에 닿으면 금새라도 끊어질 것만 같은 팽팽한 실처럼.

출생 동의 같은 거 받지 마.

무슨 말을 꺼내려 그러나 했더니 예상을 완전히 뛰어넘는 엉뚱한 요구에 기가 막혀 나는 잠시 할 말을 잃었다. 한편, 그랬구나 이 말을 하려고 일부러 아무런 약속도 하지 않고 갑자기 온 거구나, 어딘지 모르게 납득하는 내가 있었다. 무슨 생각을 하는 건지 도대체 모르겠는 언니라서 무슨 말을 하든 이상할 것도 없었다. 언니는 지금껏 내 임신 주수를 세고 있었을 테다. 그러다 출생 동의 검사 한달 여를 앞둔 이 타이밍에 나를 찾아온 것이다. 카오리의 등단 기사는 인터넷에 공개되어 있으니 이 시간에 집에 나 혼자밖에 없다는 것 정도는 쉽게 예상이 가능하다.

대체 무슨 말을 하는 거야? 무슨 뜻인지 전혀 모르겠는데?

그렇게 따지듯 물었지만 언니는 자기의 말을 되돌릴 생각이 없어 보였다.

말 그대로야. 네가 출생 동의 검사 같은 거 받지 않았으면 해.

나는 다시 한번 언니 얼굴을 빤히 바라보았다. 언제나라면 언니는 내 시선을 피했을 것이다. 그러나 이번엔 달랐다. 그녀는 내 시선을 거부하지 않고 줄곧 나를 바라보고 있었다. 어린 시절에 했던 눈싸움처럼 뭔가 불편해진 내 쪽이 고개를 돌려야 했다. 한숨이 나왔다.

저기 언니, 지금 언니가 무슨 말을 하고 있는지 알고는 있어?

나는 어금니를 꽉 물고 낮은 어조로 말했다.

동의 없이 아이를 낳는 건 출생강제죄에 해당하는 범죄야.

언니는 지금 친동생에게 범죄를 저지르라고 하는 거야?

출생강제죄는 친고죄라서 아이가 고소하지 않는 한 처벌받지 않아.

그렇다고 해도 범죄는 범죄야. 언니가 하는 말 너무 이상해. 미친 거 아냐?

나도 모르게 언성이 높아졌다. 언니는 그런 내게 두려움을 느끼기라도 했는지 입을 다물었다. 소리를 지른 건 잘못했다고 생각하지만 사과할 마음은 없었다. 나는 다시 한숨을 쉬었다. 언니는 이어 중얼거리듯 다음 말을 토해냈다.

그런 건 아이에게 못 할 짓이야. 아이가 가여워.

우린 둘 다 입을 다물었고 한동안 정적이 흘렀다. 나는 이 자리가 불편한 나머지 계속 시선을 피했다. 조금 후 언니 쪽이 먼저 입을 열었다.

아야카 한숨을 자주 쉬네.

어이가 없어서 그래.

그게 그렇게 말도 안 되는 일인 걸까?

잦아든 목소리로 언니가 물었다. 혼잣말처럼 자문자답하듯.

열 달이라는 시간을 들여 키운 아기가 무사히 태어나길 바라는 게 그렇게 이상한 일이야?

그야 당연히 누구나 바라는 일이지. 그렇지만 논점은 그게 아니잖아? 아이의 의사를 존중하는 게 중요하다는 뜻이지.

존중이라… 그거 알아? 출생에 동의를 받는 건 인간뿐이야. 전혀 자연스럽지 않지. 동물은 그런 짓을 하지 않거든.

그러니까 내 말은 동물과 인간은 다르다고! 포식, 교미, 번식, 이런 동물적 본능과 욕망을 도덕과 법에 기반한 인권 개념을 통해 통제하기 때문에 인간은 비로소 약육강식이라는 잔혹한 자연법칙으로부터 자유로워졌어. 인간이 인간일 수 있는 근거야.

옛날 사람들은 그렇지 않았어. 내가 태어날 때만 해도 그런 제도 같은 건 없었지.

옛날이 옳았고 지금은 틀렸다는 말을 하고 싶은 거야? 예전 사람들은 똑똑한 여자를 마녀로 몰고가 처형을 하거나 결혼한 여자를 소유물로 취급해 때리고 죽이기도 했지. 동성애자 역시 범죄자로 보거나 질병이라 여겨 결혼을 허락하지 않았어. 심한 일을 당하는 경우도 많았다고. 수많은 시간을 들여 과거의 잘못을 하나씩 바로잡아 겨우 지금에 이르렀는데 인간만이 가능했던 진화 과정을 언니는 부정하는 거야?

카오리 덕분에 옛날 일에 대해서는 남다른 지식을 가지고 있어서인지 말이 술술 나왔다.

내 말은 그런 뜻이 아니야…

자신의 말이 잘못 전달되었다고 생각했는지 언니 목소리가 조금 약해졌지만 그럼에도 반론을 이어갔다.

하지만 아야카, 태어나기도 전에 죽임을 당하는 아이가 불쌍해. 그렇게 생각하지 않아?

죽임을 당하는 게 아니라 자신의 의지로 태어날지 말지를 선택하는 것뿐이야. 태어나고 싶지 않은데 태어나버린 편이 더 불쌍한 일 아닌가?

태어나보지 않으면 알 수 없는 거잖아. 태아는 아직 이 세상의 일을 아무것도 모르는데 지유의지라는 그럴 듯한 말로 포장해 일생일대의 선택을 하라는 건 아무리 생각해도 너무 잔인해.

태어난 후엔 늦으니까. 인생이란 이름의 무기징역을 구형하는 거나 같아. 안락사 제도가 있다지만 그런 건 불완전한 구제 장치일 뿐이라고. 죽은 사람이 다시 살아나지 않는 것처럼 일단 세상에 태어나고 난 후엔 무(無)로 돌아갈 수 없어. 그런 비참한 상황을 미연에 방지하기 위해 합의 출생제도가 존재하는 거야.

합의 출생제도? 단지 숫자밖에 없는 보고서로 대체 뭘 알 수 있다는 거지? 진짜 확인이 된 건지 아닌지 사실 누구도 모르는 일 아니야? 태아는 말을 못 하니까.

언니 입에서 그런 소리를 듣게 될 거라고는 상상도 못했던 일이라 그녀의 얼굴을 빤히 바라볼 수밖에 없었다. 조금도 수그러들지 않는 강한 표정에서 굽힐 수 없는 의지 같은 것이 보였다. 지금껏 나이브한 사람이라 여겨오던 언니에게서 난생처음 발견하는 모습이었다. 그 이전에, 언니의 말에서 나는 위화감이 느껴졌다. 아니, 말만이 아니라 행동에서도. 단지 출생 동의를 그만두라는 그 말을 하려고 일부러 왔다고? 어째서 그토록 합의 출생제도에 민감한 걸까? 언니에겐 아이도 없는데. 아마 임신 경험도 없을 그녀가 출생 동의 과정에 대해 꽤나 상세히 알고 있는 것도 묘하게 신경이 쓰였다. 머리를 스치는 수많은 의문들을 일단 접어둔 채 나는 심호흡을 한 번 하고 마음을 차분히 가라앉힌 후 가능한 부드러운 어조를 유지하려 애썼다.

언니, 언니가 이러는 진짜 이유를 말해줄 수 있을까? 정부가 뒤에서 확인 결과를 조작해 국민을 선별한다거나 국민의 사상 검증을 하기 위함이라는 그런 근거 없는 음모론을 말하고 싶은 거야? 언니 대체 무슨 일이 있었던 거야? 누군가에게 무슨 말을 듣기라도 한 거야?

진심으로 언니가 걱정됐다. 어린 시절부터 언니가 불편했고 교류가 없었던 기간이 길기는 하지만 역시 언니는 내 친언니다. 그런 언니가 갑자기 눈앞에 나타난 것도 모자라 전혀 다른 인물이 되어 지금껏 단 한 번도 입에 담아본 적이 없는 엄청난 말들을 내게 쏟아내고 있다. 언니에게 무슨 일이 있었는지, 무슨 생각을 하고 있는 건지 감조차 잡히지 않았다. 일이 이렇게 되고 보니 처음부터 언니에 대해 아무것도 모르고 있다는 생각이 들었다. 부모님의 편애도 큰 이유지만 어딘가 나사 하나가 반쯤 빠진 듯 자기 이야기를 별로 하지도 않고 의견을 내세우는 일도 그다지 없던 언니에게 정체 모를 두려움을 느껴왔다. 그런 이유로 언니는 내게 어색한 존재였다. 그러나 지금 내 눈앞에 있는 언니는 명백히 예전의 그 언니가 아니었다. 무슨 일이 있었음에 틀림이 없다. 그런 언니를 보고 있으니 한기가 밀려왔다. 당황스러움 반 두려움 반이었지만 그럼에도 그보다 언니에 대한 걱정이 더 컸다.

내 염려가 전해지기라도 한 걸까? 언니는 일단 호흡을 가다듬더니 감정을 억누르듯 눈을 감고 잠시 침묵을 지켰다. 옆으로 힘없이 늘어져 있는 언니의 손을 살며시 잡았다. 언니의 손은 생각보다 차가웠고 미세하게 떨고 있었다. 거실 난방을 켜고 싶었지만 리모컨이 손에 닿는 곳에 없었다. 점점 짙어가는 침묵 속에서 소파에서 일어나는 것도 힘들어 별 수 없이 단념했다. 얼마나 지났을까? 언니가 겨우 입을 열었다.

너에게 나와 같은 기억을 남기게 하고 싶지 않아.

아까 전의 강한 어조는 어딘가 사라지고 언니는 애원하듯 자그마한 목소리로 말을 이어갔다.

나 아이가 있었어. 하지만 그 아기를 합의 출생제도에게 빼앗기고 말았어. 그 제도만 없었다면 분명 내 아기는 지금도 건강하게 자라고 있을 텐데.

뜻밖의 이야기에 나는 사고가 정지되어 숨을 삼키며 언니의 다음 말에 귀를 기울였다.

결혼하고 3년째 되던 해 임신을 했어. 정기검진에서 건강한 아들이라고 하더라. 출생 동의 확률도 높았기 때문에 나도 남편도 아이가 태어나는 날을 손꼽아 기다렸어. 임신 내내 생활 습관이나 먹을 거에 세심한 주의를 기울였고 남편도 매일같이 배속의 아이에게 다정하게 말을 걸어주었어. 아이가 태어나면 어떻게 키우고 어느 학교에 보내면 좋을까 이런 이야기도 참

많이 나누었지. 당연히 이름도 지어두었어. 인명사전을 얼마나 뒤적였는지 몰라. 태양의 양(陽)에 비상의 상(翔)을 써서 하루토. 태양을 향해 훨훨 날아오르라고, 그런 뜻을 담아 지은 이름이야. 그런데 8개월째 되던 때 정기검진에서 하루토에게 선천적 질환이 있다는 걸 알게 되었어. 가벼운 자폐증으로 정신지체를 유발할 가능성이 있다고. 지금은 여러 지원제도가 나름대로 잘 정비되어 있고 부모가 적절히 서포트 할 수 있으니까 태어나기만 하면 건강하게 키울 가능성이 큰 데도 생존난이도가 1에서 7로 훅 높아졌어. 것도 그렇지. 합의 출생제도가 생긴 후로는 선천적 질환을 가진 아이의 출생률이 현저히 줄었으니 상대적으로 생존난이도는 올라갈 수밖에. 나도 남편도 큰 충격을 받았지만 그럼에도 하루토가 무사히 태어나 주기만을 빌었어. 태어나기만 하면 우리 둘이 합심해 최선을 다해 키우자고 몇 번이나 다짐을 했어. 하지만 결과는 출생 거부였어. 담당의를 비롯해 모두가 하루토는 태어나지 않기로 했다고 말했지만 나는 지금까지도 정말 모르겠거든. 자신의 병에 대해 아무것도 모르는 태아가 그저 7이라는 숫자만으로 어째서 그런 선택을 할 수 있었던 건지. 우리에겐 대체 어떤 권리가 있어서 그런 선택을 태아에게 강요하는 건지. 어쨌든 그때 나는 임신 취소를 받아들였어. 취소, 참 가볍게 말하지만 그건 결국 낙태야. 차가운 수술대에 누웠더니 불룩한 내 배가 작은 언덕처럼 보이더라. 그 언덕 안에 내 소중한 보물이 잠들어 있었어. 의사가 다가와 내 팔에 연결된 주사기를 누르자 순간 모든 것이 암흑에 잠기더니 눈을 떴을 땐 언덕은 통째로 사라져 있었어. 부풀어오른 풍선이 펑 하고 흔적도 없이 터진 것처럼 눈을 감기 전까지 분명 그곳에 있었던, 내 마음과 몸을 안쪽에서부터 꽉 채우고 있던 존재가 갑자기 소멸되고 남은 건 오직 끝없는 공허뿐이었어. 아야카 믿을 수 있겠니? 눈을 감았다 다시 뜰 때까지 말 그대로 단 한 순간에 하루토는 자기 병에 대해 알기회조차 영원히 빼앗긴 거야.

언니가 쏟아내는 말 하나하나가 따뜻한 빛을 휘감고서 얼어붙은 침묵의 덩어리를 천천히 녹여갔다. 태어나 처음으로 진짜 언니와 만난 것만 같은 기분이었다.

하루토가 그렇게 되고 나는 계속해서 하루토가 살아 있다면 어땠을까, 이런 상상을 멈출 수가 없었어. 태어났으면 지금쯤 바닥을 기어다니겠구나, 이제 슬슬 뭔가 붙잡고 일어서 아장아장 걷겠지, 어느 순간 믿을 수 없는 스피드로 말을 배우겠네, 정신을 차려보면 늘 그런 식이었어. 남편도 처음에는 슬퍼

했지만 나보다는 회복이 훨씬 빠르더라. 내가 우울해하면 그는, 아기야 또 가지면 돼, 이런 말을 위로라고… 그 말을 들을 적마다 화가 치밀어 올랐어. 이 사람은 정말 아무것도 모르는구나. 아이는 대체품이 아닌데. 그 누구도 하루토의 대신이 될 순 없는데. 아이는 또 가지면 된다고? 결국 그 말은 아이를 대체 가능한 물건으로 보는 사람의 말이라는 생각이 들자 어떻게 그런 말을 할 수 있는지 격한 분노가 끓어오르고 그 따위 말이나 하는 남편이, 일을 마치고 돌아오면 나보다 뱃속의 하루토에게 가장 먼저 귀가 인사를 했던 그 사람과 동일 인물이 맞기는 한지, 한없이 슬프고 또 슬펐어. 남편이 다시 아기를 가지자는 말을 할 때마다 난 계속 거부했어. 언젠가부터 우리 부부는 마주치면 싸움만 하다 하루토를 잃은 지 1년도 지나지 않아 결국 이혼했어.

거기까지 말한 언니는 내 얼굴을 가만히 응시하며 내 배를 쓰다듬었다. 태어나지 못한 하루토를 쓰다듬는 것처럼 다정한 손길이었다.

아야카, 너도 알지? 아무것도 없던 곳에 생겨난 새 생명을 내 몸 안에서 천천히 시간을 들여 키우는 그 느낌을. 그 느낌을 가르쳐준 존재를 잃어버린 이상 아마도 앞으로 평생 아기를 가지는 일은 다시 없을 거야. 아기를 가지게 되면 나는 분명 하루토를 떠올리겠지. 그 아이에게 하루토를 겹쳐서 바라보겠지. 그렇게 되면 그 아이도 하루토도 가여워. 그건 절대 못 할 짓이야. 동의라는 건 말야, 세상에 태어나기도 전에 목숨을 끊는 다는 건, 그토록 무서운 일이야. 옛날이라면 사산이나 유산에 신의 뜻이었다던지 불가항력 같은 말을 할 수도 있겠지. 하지만 우리가 삶의 자기결정권이라고 노래를 부르며 지워버리는 건 이미 사람의 형태를 갖추고 건강하게 자랄 가능성이 큰 아이들이야. 네가 나처럼 되지 않았으면 좋겠어. 내 바램은 하나야. 제발 출생 동의 검사 같은 거 받지 마. 거절이 나오는 순간 모두 불행에 빠지고 말거야.

언니 말이 끝난 후 충격에 빠진 나는 한참이나 아무런 말도 할 수 없었다. 무슨 말이든 해야 할 것 같았지만 어떤 단어도 떠오르지 않았다. 언니의 시선을 피하려 고개를 돌리다 테이블 위에 놓인 찻잔이 눈에 들어왔고, 차가 식었겠구나, 따뜻하게 새로 내려야지, 이런 막연한 생각만 머릿속에서 맴돌고 있었다. 바로 다음 순간, 지금 그런 생각을 할 때가 아니야, 정신 차려, 스스로를 타일렀다. 침묵의 커튼이 다시 묵직하게 내려왔다.

언니 말엔 군데군데 격한 감정이 실려 있어 액면 그대로 받아들일 순 없다는 직감이 들었다. 그럼에도 언니가 지난 5년간 겪은 일은 분명 내 상상을 뛰어넘는 것들이었기 때문에 어떤 반응을 보여야 할지 난감했다. 위로를 하는 것이 좋을지 무조건 이해한다고 전해야 할지 공감의 의미로 전남편을 함께 욕해줘야 할지 갈피를 잡을 수가 없었다. 그리고 보면 언니가 자신의 약한 부분을 내게 드러내는 것도 이번이 처음이다. 지금껏 내 눈에 아무 생각 없는 것 마냥 나이브하게 비쳐온 언니가 진짜 자기를 밖으로 내보이지 않았을 뿐 실은 나보다 더 깊은 생각을 해왔는지도 모른다.

무거운 침묵을 깬 건 다녀왔다고 인사하는 귀가한 카오리의 목소리였다.

아, 너무 피곤해. 오늘 행사에 이상한 아저씨들이 잔뜩 와서 말이야 질문 있냐고 물었더니 천박한 말만 지껄이길래 팍팍 되돌려줬어.

현관에서 신발을 벗으며 한바탕 푸념을 늘어놓은 카오리는 거기까지 말하고 나서야 거실에 있는 우리 두 사람을 알아챈 듯했다. 이내 말을 멈추고 당황한 표정으로 언니를 향해 가볍게 인사를 하고는 내게 물음표가 담긴 시선을 보냈다. 좋은 타이밍에 돌아와줬다고 마음속으로 감사 인사를 하며 나는 소파에서 일어나 그녀를 맞이했다. 언니도 황급히 자리에서 일어섰다.

어서 와. 우리 언니야. 볼일이 있어서 도쿄에 왔다 잠시 들렀대.

그렇게 말하면서도 나는 한 가지 의문이 떠올랐다. 언니는 어째서 도쿄에 온 걸까? 아까 우리 집에 도착했을 때의 초조한 표정으로 짐작해 보면 자기 이야기를 내게 들려주기 위해 일부러 야마나시에서 여기까지 왔다고 보기는 도저히 어려웠다. 도쿄에 다른 일로 왔다가 그곳에서 무슨 일이 있었다고 생각하는 편이 자연스러울 것이다. 작년 여름도 오늘 일도 언니의 도쿄 방문 목적을 잘 모르겠다. 무슨 일을 하든 언니 자유기 때문에 특별히 의미 부여를 하고 싶진 않지만 지금 생각해 보면 역시 이상하다.

아아, 안녕하세요? 처음 뵙겠습니다.

언니라는 말을 듣자마자 카오리는 표정을 풀고 미소를 지으며 인사를 했다.

아야카와 함께 사는 카오리라고 합니다.

처음 뵙네요. 반가워요.

둘 사이엔 처음 만난 사람들 사이의 어색함과 불편함이 감돌고 있었지만 그럼에도 나로선 아까 전의 무거운 침묵에서 구원받은 기분이었다.

난 내 방에 있을 테니 둘이 천천히 이야기라도 나눠.

그렇게 말하며 뒤돌아가려는 카오리를 붙잡았다.

아냐, 괜찮아. 그냥 우리가 내 방으로 갈게.

언제나처럼 카오리와 귀가 허그를 나누었다. 그녀의 머리카락에서 풍겨오는 달콤한 향기가 부드럽게 내 코를 간질였다. 바깥 공기로 차가워진 검고 긴 그녀의 머리카락이 내 볼에 닿는 느낌이 청량하고 좋았다. 어쩐지 머리속까지 맑아지면서 내가 지금 해야 할 일이 무엇인지 확실히 알 수 있었다.

언니를 데리고 내 방으로 들어가 문을 닫은 후 나는 그녀를 향해 말했다.

언니, 하기 어려운 이야기를 해줘서 고마워. 언니가 이렇게까지 내 생각을 해주는데 나는 늘 내 일만으로도 벅차서 내 생각만 하느라 언니가 그런 일을 겪은 것도 몰랐고 아무런 힘이 돼주지도 못 했어. 정말 미안해.

마음 깊은 곳에서 우러난 말이었다. 무슨 생각을 하는지 모르겠는 언니의 성향이 그저 불편하다고만 생각해 왔는데, 실은 내가 언니를 알려고조차 하지 않았던 것이다. 언니는 힘든 와중에도 내게 한 걸음 한 걸음 다가가려 노력했음에도 불구하고.

근데 언니, 나는 출생 동의 검사 받을 거야. 그건 나만이 아니라 카오리와 배 속에 있는 아이의 문제기도 하니까. 합의 출생제도가 옳은 일인지 아닌지 솔직히 잘 모르겠어. 항간에 떠도는 음모론 중 증명된 사실은 아무것도 없으니. 하지만 반대로 그것들이 거짓이라는 증거도 없어. 중요한 건 이 제도의 옳고 그름이나 검사의 신뢰도가 아니라 우리들이 무얼 하고 싶은 지가 아닐까? 카오리는 언니와 마찬가지로 합의 출생제도가 생기기 전에 태어났어. 그로 인해 오랜 동안 괴로운 시간을 보냈다고 해. 그녀와 같은 괴로움을 내 아이가 겪지 않았으면 좋겠어. 원하지 않는 삶을 강요해 이 아이에게 미움을 받고, 최악의 상황 카오리까지 범죄자로 만드는 일만큼은 절대로 피하고 싶어.

언니는 슬픈 표정으로 나를 바라보았다.

그 일이 너를 괴롭게 해도 괜찮아?

나는 언니를 똑바로 바라보며 크게 고개를 끄덕였다.

내 곁엔 카오리도 있잖아. 분명 괜찮을 거야. 그러니까 언니도 안심해.

그렇고 말고, 이렇게 말하며 나는 생각했다. 임신이 어떤 건지 모르는 남자들과 달리 카오리는 나와 같은, 자기 몸 안에 새 생명을 담을 수 있는 존재다. 내가 슬퍼하면 그녀도 나와 함께 슬퍼하고 내가 괴로울 때면 그녀도 함께 괴로워할 것이 분명하다. 지난 8개월간의 임신 생활을 돌아보며 그런 확신이 강하게 들었다.

후우- 언니는 고개를 숙이고 긴 한숨을 내쉬었다. 그리고 다시 고개를 들어 이번에는 나를 향해 싱긋 웃음을 지었다.

너라면 그렇게 말 할 줄 알았어.

다음 순간 언니가 나를 안았다. 유년을 함께 보냈음에도 불구하고 언니의 첫 포옹에 나는 한참 마음을 빼앗겼다. 정신을 차려보니 어깨 부근이 젖어오는 감촉이 느껴졌다. 그게 언니의 눈물임을 깨닫게 되기까지는 그리 오랜 시간이 걸리지 않았다.

이상한 소리만 잔뜩 해서 미안해.

떨리는 목소리로 중얼거리듯 사과의 말을 건네는 언니에게 묘한 위화감을 느꼈다. 언니가 일부러 나를 찾아온 이유는 나를 설득하기 위함이 아니라 자기 자신을 납득시키고 싶었기 때문이었을까... 무얼 어떻게 납득하고 싶었는지는 몰라도 그런 예감이 들었다.

언니가 돌아가고 카오리가 걱정스러운 목소리로 물었다.

괜찮아? 무슨 일이라도 있었어? 언니 눈이 빨갛던데…

응, 괜찮아.

언니 눈물 때문인지, 언니가 들려준 이야기에 새삼 슬퍼진 탓인지, 아니면 단순히 호르몬 밸런스가 무너지면서 정서불안이 온 건지는 몰라도 나는 불현듯 카오리를 껴안았고 그녀를 껴안자마자 눈물이 주르륵 흘러내렸다.

전혀 괜찮아 보이지 않는데?

카오리는 걱정스러운 음성으로 그렇게 말하면서 내 등과 머리를 다정하게 쓰다듬었다.

괜찮아. 자기만 내 곁에 있어준다면 나는 정말 괜찮아.

나는 그렇게 한참을 그녀에게 안긴 채 눈물을 흘렸다.

4

지난 2월 밤의 만남 이후 언니는 납득을 했는지 언니로부터 아무런 연락이 없었다. 물론 나도 특별히 연락을 하진 않았다. 다신 아이를 가질 수 없을 거라고 언니가 말했지만 앞으로 어떤 일이 있을지 알 수 없는 것이 인생이다. 언니는 이제 고작 서른 둘이고 언젠가 좋아하는 사람을 만난다면 다시 아이를 낳고 싶어할지도 모른다. 혹 아이를 갖지 않더라도 좋은 사람을 만나 행복해지면 좋겠다고 진심으로 바랐다. 언니의 안녕을 기원하는 한편 나 자신의 생활 역시 멈춤 없이 앞으로 나아가 어느덧 3월이 다가왔고 산휴에 돌입한 나는 집에서 보내는 시간이 늘었다. 산처럼 부푼 배 때문에 거동이 불편해진 데다 출산을 대비해 준비할 것이 많아 힘들 줄 알았는데 막상 휴가가 시작되자 의외로 할 일이 너무 없어 무료할 정도였다. 텅 빈 시간을 채워준 건 카오리였다. 아이가 태어나면 둘만의 시간을 갖기 어려워질 거라며 그녀는 소설 집필을 중단했고 둘이서 영화를 보러 가거나 아기 옷 쇼핑을 하며 집 근처에 아기를 데리고 갈 만한 곳이 없는지 탐색을 하며 보냈다. 3월 중순에 접어들면 도쿄는 벚꽃 개화가 시작되기 때문에 인파가 적은 평일을 노려 함께 꽃놀이를 했다. 이런 소소하면서도 비일상적인 일상을 사랑으로 채우는 동안 시간은 그저 조용히 흘러만 갔다.

그즈음 지금껏 알려지지 않았던 종교단체 '천애회'의 본거지가 경찰에 발각되어 주요 간부와 일반 회원들이 체포되었다는 뉴스가 보도되었다. 소식에 따르면 일반 시민의 제보가 있었다고 한다. 처음에는 장난전화라고 생각해 제대로 응대하지 않다가 제보자가 천애회의 활동에 대해 이상하리만큼 잘 알고 있어 영장을 발부 받아 압수수색을 실시한 결과 진짜임이 밝혀졌다. 적발된 현장에서는 대량의 폭탄이 회수되었고 그 외에도 다른 범행 계획서 등이 발견되었다고 한다.

인간 쓰레기들!

수갑을 차고 고개를 푹 숙인 채 경찰차에 올라타는 화면 속 용의자들 영상을 보며 카오리는 낮은 목소리로 그렇게 내뱉었다. 체포된 사람들은 마스크와 선글라스를 쓰고 있긴 했지만 머리 모양이나 체형으로 미루어 여성이 대부분인 듯했다. 나이도 거의가 30대, 기껏해야 40대로 보이는 사람이 많았다. 체포되어 다행이라고 나도 가슴을 쓸어 내리는 기분이 되었다.

작년에 일어났던 테러 사건에서는 252명이 사망했고 부상

자도 경상자를 합치면 천 명에 이르렀다. 일본 역사상 최악으로 꼽히는 이 사건은 연일 언론을 떠들썩하게 장식했고, 이후 모든 병원이 경비를 강화했다. 출생 동의 인증병원은 물론, 작은 산부인과 의원에도 경비원이 항시 상주해 병원 입구에서 반드시 신분증을 통해 신원을 확인하고 소지한 짐도 철저히 검사했다. 해가 바뀌면서 후생성이 발표한 일본 생존난이도 지수는 이전 해보다 단숨에 3포인트나 올랐다. 온난화가 진행되는 중에도 통상 1년에 소수점 아래의 포인트 정도만 올랐을 뿐이다. 3포인트나 올라간 건 극히 이례적인 현상이었다. 생존난이도가 되었든 경비 강화가 되었든 임신한 사람에겐 참으로 민폐가 아닐 수 없다. 다행히 나는 크게 영향을 받지는 않았지만 생존난이도 지수의 상향조정으로 태아의 생존난이도가 아슬아슬하게 선을 넘는 바람에 출생 거절이 된 사람도 분명 있을 테다.

유일한 안도는 무차별 출생주의자에 의한 데모 활동이 거리에서 완전히 자취를 감춘 일이다. 표면적으로는 집회의 자유가 헌법으로 보장되고 있기는 하지만 그런 일이 일어난 후에는 데모 신청을 해도 거의 허가가 나지 않아 현장 수준에서 걸러지는 듯했다. 테러 이후 무차별 출생주의는 '사상과 양심의 자유를 보장하는 대상으로 여겨지는 다양한 신조 중 하나'에서 '근절해야 할 위험한 사상'으로 간주되기 시작했다. 만의 하나 데모 활동이 허가된다 한들 이런 여론 분위기라면 시위는 상당히 어려울 수밖에 없으리라. 거리를 걷다 그런 시위대와 마주치지 않게 된 것만으로도 나는 안심했다.

이제야 한시름 놓겠네.

카오리는 내 손을 꽉 잡고 볼키스를 했다. 나도 그녀 목덜미에 가볍게 입을 맞추는 걸로 화답했다.

그러게, 이제 안심하고 아기를 낳을 수 있겠어.

내가 배를 쓰다듬자 뱃속의 아이가 발로 차는 듯한 감촉이 느껴졌다. 예정일까지 앞으로 한 달, 분명 우리 아기도 빨리 세상에 나오고 싶겠지, 이런 생각을 하니 따끈한 게 몸 저 아래서부터 솟아오르는 것만 같았다. 온수가 흘러 들어와 가득 차오르는 벅찬 감각에 잠겨 카오리의 무릎을 베고 소파에 누워 우리 아기를 쓰다듬어 달라고 졸랐다. 어리광쟁이라고 놀리면서도 그녀는 얼굴 가득 미소를 머금고 내가 원하는 대로 해주었다. 그녀의 다정한 손길에 반응한 아기가 손과 발을 움직이는지 배에 잔잔한 진동이 이어지는 동안 뉴스에서는 잘 모르는 시사평론가들이 이번 테러범 체포 사건에 침을 튀겨가며 열띤

토론을 주고받고 있었다.

마침내 기다리고 기다리던 출생 동의 검사 날이 밝았다. 알람이 채 울리기도 전에 눈이 떠졌다. 긴장으로 잠을 설친 탓인지 의식이 몽롱하고 눈꺼풀이 무거웠다. 좀 더 자려고도 해봤지만 실패했다. 소풍을 앞둔 어린애도 아닌데 스스로가 약간 한심했다.

굿모닝!

거실로 나오니 역시 나처럼 잠을 잘 못 잤는지 팬더 눈이 된 카오리가 아침을 준비하다 날 보고 싱긋 웃으며 인사를 건넸다.

외출 준비를 마치고 소파에 앉아 식사 준비가 다 되길 기다렸다. 일기예보 그대로 쾌청한 날씨에 창문으로 쏟아져 들어온 아침 햇살이 만든 빛의 띠 안에서 먼지가 너울너울 춤추고 있는 모습이 빛의 계단처럼 보였다. 어딘지 모르게 거룩한 그 광경은 하늘에서 강림하는 새 생명을 연상케 했다. 그런 생각이 혼란한 내 머릿속을 스쳐 지나가는 순간 무슨 이런 바보 같은 생각을 하는 거야, 하고 속으로 쓴 웃음을 지었다. 하늘이나 신이라니, 구시대적 낡은 생각에도 정도가 있는 법이다. 임신을 결심한 건 나와 카오리지만 태어날지 말지 정하는 건 이 아이다. 모든 건 인간의 자유 의지, 거기에 신의 뜻이 개입할

여지는 없다. 사사건건 신이니 자연이니 하는 걸 꺼내고 싶어 하는 사람은 '천애회'와 같은 인간의 자유의지를 거부하는 반동적인 무리뿐이다. 그런 생각을 하는 동안 점차 머리가 맑아지기 시작했다. 마침 밥이 다 되었다며 카오리가 부르길래 식탁으로 갔다.

하얀 쌀밥과 계란 프라이, 된장국과 야채 볶음이라는 소박하지만 균형 잡힌 식단이었다. 함께 밥을 먹는 동안 평소에 비해 카오리의 말수가 현저히 적은 것 같은 느낌에 가만히 그녀의 기색을 살폈다. 자연광이 가득 비치는 가운데 고개를 숙이고 묵묵히 밥을 먹는 그녀의 얼굴은 어딘가 굳은 표정이었다. 세상에는 긴장하면 말을 많이 하는 사람과 입을 다물어버리는 타입이 있는데 그녀는 평소 말을 하는 편인 만큼 후자에 가깝다. 역시 긴장하고 있는 거라고 생각하며 동시에 그녀가 함께 긴장해 준 덕분인지 나는 오히려 마음이 조금 편해지고 있었다. 지금 내가 혼자가 아니라는 것, 내 곁에 누군가 있다는 건 곧 이런 일임을 절절하게 느꼈다.

자기가 그동안 집밥을 해준 덕분에 뭔가 통장 잔고가 늘어 부자가 된 기분이야!

지금이야말로 내가 그녀의 긴장을 풀어줄 차례라는 생각이 들었다.

다음 번에 자기가 임신할 때 나는 이렇게 차려주지 못할지도 모르는데 어쩌지?

'다음 번 임신'이라는 다가올 미래의 이야기를 꺼냄으로써 우리 앞에 가로막힌 불확실성이라는 장벽을 날리고 싶은 내 바램이 전해졌는지 그녀가 웃으며 내 말을 받아주었다.

그럼 특별훈련이라도 해야지! 나님의 비법 레시피를 모두 전수받지 못한다면 안심하고 임신할 수 없지 않겠어?

앗, 그렇게 되나? 그럼 살살 부탁해요!

글쎄? 이래 보여도 뭘 가르칠 때는 꽤 스파르타라서 말이지.

'이래 보여도'라니? 이미 겉모습부터 스파르타로 보입니다만?

아니, 그게 무슨 뜻이야?

시시콜콜한 대화를 주고받는 동안 식탁의 공기가 부드러워지면서 은방울이 구르는 것 같은 맑은 웃음 소리가 우리의 공간을 가득 채우고 있었다. 이제 한달만 지나면 둘이 함께한 지 3년만에 우리집에 새 가족을 맞이하게 된다. 그렇게 생각하니 다시금 새롭게 신비한 느낌에 휩싸였다. 아침식사 후 정리를 도우려 했지만 카오리의 쉬라는 말에 고집을 부리지 않기로 했다. 내 방으로 돌아와 핸드폰을 체크하니 육아휴직 중인 리리카의 메시지가 와 있었다.

오늘 맞지? 긴장하지 말구! 다 잘될 테니까 언제나처럼 차분한 마음으로 다녀와!

그런 자기는 그때 엄청 긴장했으면서! 웃음이 나왔지만 꾹 참고 감사의 메시지를 보냈다. 아기 컨디션을 망치면 안 되니까 오늘만큼은, 이라며 카오리가 에어택시를 불러주어 T대학 부속병원까지 날아가기로 했다. 작은 병원에는 민간기업의 경비원이 있지만 그와 달리 출생 동의 인증병원인 T대학 부속병원 입구에는 군복 비슷한 제복을 입은 자위대원들이 머리에는 헬멧, 손에는 자동소총을 든 완전무장 차림의 삼엄한 모습으로 문 앞을 지키고 있었다. 신분증과 미리 받아둔 소개장을 제시하고 병원에 내원한 이유를 설명하자 수하물 검사 및 몇 가지 질의응답을 거친 후에야 출입 허가가 떨어졌다.

검사까지의 과정은 리리카 때와 별반 다르지 않았다. 우선 산부인과에서 문진을 받고 가장 최근의 검사 결과 확인이 끝나면 검사대기표를 발부받아 검사동으로 간다. 내 차례가 되면 검사실로 입실하게 되는데, 리리카 때와 다른 게 있다면 오늘 검사 담당기사는 말수가 적고 무표정한 중년 남성으로 카오리와 함께 방으로 들어가자 우리 쪽을 한 번 흘끗 쳐다본 후

바로 컴퓨터 화면으로 시선을 돌렸다. 그리고 아무 말없이 본인 확인도 하지 않은 채 착석하라는 뜻의 제스처만 취했다. 그는 계속 아무 말없이 컴퓨터에 나타난 정보를 잠시 읽은 후 나직한 목소리로 말했다.

모두 정상입니다. 옷을 갈아입고 검사대 위로 올라가 주세요.

검사기사가 시키는 대로 옷을 갈아입고 검사대에 오르자 간호사가 커튼을 쳤다. 나는 커튼 아래로 카오리의 손을 잡았다.

검사 중에도 기사는 최소한의 지시만을 할 뿐 리리카 때처럼, 들어갑니다, 약간 뻐근합니다 등의 말을 미리 해주지 않았다. 싸늘한 기구가 신체 아래로 닿는가 싶더니 질이 확장되는 감촉이 전해졌다. 긴장으로 몸에 힘을 준 탓인지 둔탁한 통증이 엄습했다. 기사는 그런 내게 릴랙스 하라며 마치 기사를 읽는 듯한 어조로 중얼거렸다. 하지만 내가 미처 긴장을 풀기도 전에 다른 길쭉한 도구가 삽입되어 자궁경부암 검진 때보다 더 깊은 곳까지 기구가 쑥 들어오는 게 느껴졌다. 검사대에 누워 있는 내게는 아무것도 보이지 않지만 리리카 때 보았던 내시경 같은 기기가 자궁 안까지 들어와 태아와 접촉해 의사소통을 하는 모습을 상상하며 최대한 몸을 진정시키려 했다. 하지만 생각만큼 잘 되지 않았고 질의 둔탁한 통증과 동시에 하복부가 감전되는 것만 같은 날카로운 아픔이 밀려와 나도 모르게 신음소리가 흘러나왔다. 예상보다 훨씬 힘들구나, 이런 생각을 하며 심호흡을 하려던 찰나에 검사 종료 안내를 통보받자 허탈한 기분에 빠졌다. 10분도 걸리지 않는 검사에 기운을 다 소진한 것만 같았다. 하반신에 남아있는 통증을 느끼며 검사대를 내려와 내 옷으로 다시 갈아입었다. 다시 카오리 곁으로 가 아직 의자에 채 앉기도 전에 갑자기,

결과는 거절입니다.

기사가 무뚝뚝하게 선고했다. 무슨 일이 일어난 건지 일순 파악이 되지 않아 엉거주춤한 모습으로 멍하니 있는데,

어떻게 하시겠습니까? 임신취소 수술 예약 잡을까요?

이어지는 질문으로 비로소 그 말의 의미를 이해할 수 있었다. 머리속에서 쿵쿵 소리가 울려 퍼지더니 허공에서 언제까지나 추락하고 있는 듯 중력을 빼앗긴 감각이 밀려왔다.

거절… 이라고요?

내가 어떻게 반응해야 할지 당황하고 있는 중 카오리가 먼저 입을 열었다.

그럴 리 없어요. 뭔가 착오 아닙니까?

이런 반응이 익숙한지 귀찮은 표정으로 '출생 동의 검사 보

고서' 라고 적힌 서류를 쑥 내밀었다.

본인이 직접 확인해 보시죠. 3번 모두 거절이 나왔습니다.

나는 몸을 숙여 보고서를 들여다보았다. 기사의 말처럼 보고서에는 분명하게 '거절'이라는 글자가 굵은 글씨로 인쇄되어 있었다.

그렇다는 건, 이 아이를 낳을 수 없다는 뜻이다. 뱃속에서 다시 태동이 전해졌다. 지난 9개월간의 간절한 기도와 바램, 기대, 인내, 이 모든 것이 단 10분간의 검사로 물거품으로 돌아간 것이다. 우리의 지난 9개월은 도대체 무엇이었단 말인가? 이 아이의 탄생을 고대하던 우리의 간절함은? 그런 생각이 드는 순간 이 모든 일들이 터무니없이 불합리하게 느껴졌다.

분명 뭔가 착오가 있었을 겁니다. 아니면 우연히 오늘 컨디션이 좋지 않았을 뿐이거나. 다른 날 다시 검사를 받아보고 싶습니다.

의사는 다시 귀찮은 듯한 표정으로 팔을 내던지듯 뻗어 보고서에 적힌 글씨를 톡톡 두드리며 가리켰다.

여기 쓰인 거 보이시죠? 세 번 모두 거절입니다. 이건 분명한 의사표시로, 'only yes means yes', 이 말입니다. 세 번 모두 거절일 경우 재검사는 인정되지 않습니다. 이게 규칙입니다.

검사에서도 실수가 있을 수 있지 않나요? 우린 그전까지의 검사까지 동의 확률이 95% 아래로 떨어진 적이 없습니다. 분명 이건 뭔가 잘못된 거라고요.

카오리가 벌떡 일어나 강한 어조로 주장했다.

동의 확률은 말입니다 어디까지나 통계 데이터에서 산출된 것으로 태아는 한 명 한 명 다른 성격을 가지고 있기 때문에 확률에서 벗어나는 일은 얼마든지 일어날 수 있습니다. 지금 검사 결과야 말로 태아의 진정한 의지라는 뜻입니다.

하지만 우연히 컨디션이 안 좋았다거나, 아기 기분이 오늘따라 별로 좋지 않았을 가능성도 있지 않나요?

동의 확률을 높이기 위해 태아의 기분을 챙기는 것이 좋다든가 날씨나 컨디션이 검사 결과에 영향을 준다든가 하는 도시 전설 같은 이야기는 인터넷 상에선 잔뜩 떠돌고 있지만 모두 근거를 알 수 없는 거짓말일 따름입니다.

그렇게 말을 마친 기사는 이제 그만 나가달라는 제스처를 내보였다.

임신취소 예약을 오늘 하지 않으실 거라면 검사는 이상으로 완료입니다. 다음 차례가 기다리고 있으니 그만 나가셔도 좋습니다.

너무나도 매정한 태도에 나는 화가 치밀어 올랐다.

애초에 말이죠, 방금 전 검사는 대체 뭡니까? 그런 식의 난폭한 검사로 대체 뭘 알 수 있는 거죠? 아기를 놀라게 해서 그런 결과가 나온 건 아닙니까?

태어날지 말지 하는 중대한 의사결정이 그런 일 정도로 영향을 받는다고 생각하세요? 인터넷에 떠도는 이야기 말고 전문가를 믿으세요.

그런 건 누구도 모르는 일이잖습니까? 아기는 세상에 대해 아직 아무것도 모르고 있으니 사소한 것에도 영향을 받을 가능성이 있는 거 아닌가요?

당신의 그런 말투는 태아의 자기결정권을 과소평가하고 있다고 밖엔 보이지 않는군요.

당신이야말로 아이의 탄생을 바라는 엄마의 마음을 완전히 무시하고 있어요!

이건 완전 거꾸로다, 그런 생각이 들면서도 봇물처럼 터진 말의 흐름을 멈출 방법이 없었다.

어째서 당신 같은 배려심이라고는 눈꼽만큼도 찾아볼 수 없고 엄마의 마음도 모르는 남자가 이런 검사의 담당이 되었을까요? 믿음이 가지 않습니다. 전혀요!

저를 믿건 안 믿건 검사 결과는 이미 전했습니다. 덧붙여 말씀드립니다만 검사 기구에는 성별이 없습니다.

상식적으로 95%라는 확률이 그렇게 간단히 빗나갈 리 없잖아요?

동성애자로 태어날 확률 또한 몇 % 밖에는 안 된다고 하는데 두 분은 동성애자죠?

뭐지 저따위 말투는? 항의하려는 순간 카오리가 선수를 쳤다.

어쨌든 재검사를 요구하겠어. 당신 같은 인간 말고 다른 병원의 제대로 된 분께 의뢰할 거야.

그건 전적으로 당신들 자유입니다. 하지만 오늘 검사 결과는 온라인으로 각 인증병원과 공유되기 때문에 어느 병원에 가도 소용이 없을 거라고 판단됩니다만.

이 새끼가!

격앙된 카오리가 언성을 높였다. 그럼에도 기사는 얼굴색 하나 변하지 않고 최후통첩을 날렸다.

그만 나가 주시죠. 그렇지 않으면 경비를 부르겠습니다.

여기서 더 이상 일이 커져 경비원을 부르게 되면 곤란한 상황이 될 게 뻔해서 일단 그녀를 달래 검사실을 나가기로 했다.

뭐 저런 자식이 다 있지?

나는 아직 분이 풀리지 않은 카오리의 등을 가만히 쓰다듬었다.

그런 인간은 냅두자. 나 아까 검사 꽤 아팠어. 분명 검사 방법이 좋지 않았을 거야. 우리 다른 병원에 부탁해 보자.

그러게, 검사 때 신음 소리 냈지…

카오리가 내 손을 쥐더니 걱정스러운 눈빛으로 바라보았다.

지금은 어때? 괜찮아? 아직 아파?

검사기구가 삽입된 자리에 아직 이물감이 남아있고 하복부에도 여전히 저릿한 느낌이 있었지만 나는 고개를 저었다.

이젠 괜찮아. 그보다 얼른 다른 병원부터 찾아보자. 예정일이 코앞이니까.

밖으로 나서니 날카로운 햇빛이 쏟아져 눈이 부셨다. 병원과 마주하고 있는 도로에 나란히 서 있는 가로수 벚꽃은 이미 져 꽃은 거의 남아 있지 않았고 흰색과 분홍의 꽃잎만 인도에 깔려 마치 꽃의 양탄자 같았다. 그 아름다운 풍경에 나도 모르게 숨을 삼켰고 아까 전에 받은 불쾌감이 씻긴 듯 사라지며 한결 가뿐한 기분이 되었다. 이 세상은 아름답다. 아가야, 분명 너도 아름다운 세상을 보고 싶겠지? 아까 전에 있었던 난폭했던 검사는 미안해. 엄마가 최대한 빨리 제대로 된 병원을 찾아서 너

122

의 진짜 의사를 확인할 테니까 조금만 기다려 줘. 배를 쓰다듬으며 나는 마음 속으로 뱃속의 태아에게 말을 걸었다.

그러나 어디에 부탁해도, 아무리 우리의 이유를 설명해도, 문전박대를 당하는 상황이 이어졌다. 다른 인증병원에 들고 갈 소개장을 부탁하려 늘 다니던 역 앞의 산부인과 담당의를 찾아가 사정을 설명하며 간곡히 부탁해 보았으나 역시 안 된다는 답변만 돌아왔다.

안됐지만 재검사는 규칙 위반이에요.

의사는 진심으로 우리의 상황을 염려하며 부드러운 어조로 말을 이어갔다.

재검사가 허용되면 동의가 나올 때까지 여러 번 검사하려는 사람이 많아지겠죠? 아이에게 의사를 묻는 절차는 게임이 아니기 때문에 그렇게 몇 번씩 시도할 수는 없어요.

하지만 정말로 태어나고 싶지 않다는 확고한 의지를 가지고 있다면 몇 번을 검사해도 '거부'가 나오지 않을까요?

카오리는 거의 매달리다시피 의사의 말을 붙들고 늘어졌다.

똑같은 질문을 반복해서 하거나 재차 대답을 요구하면 처음과 달라질 가능성도 있겠지요. 아기도 마찬가지입니다. 하지만 밀당하듯 받아낸 동의를 진정한 자유의지에 따른 의사결정이라고 할 수 있을까요?

선생님의 설명을 듣는 동안 그 말이 맞을지도 모른다는 생각이 들기 시작했지만 역시 어딘가 석연치 않은 구석이 남아 있었다. 그러나 그게 대체 무엇인지 도무지 알 수 없었다. 내가 느낀 위화감을 정확한 언어로 바꾼 건 글과 말이 생업인 카오리였다.

우리도 이런저런 일에 영향을 받으며 여러 가지 일을 결정하며 살고 있습니다. 선생님 말씀대로라면 대체 무엇이 자유의지이고 무엇이 외부로부터의 영향을 받은 건지 쉽게 판단할 수 없는 거 아닙니까?

그녀의 말에 담당의는 쓴웃음을 지었다.

말씀하신 대로입니다. 허나 그렇게 따지기 시작하면 자유의지란 것이 과연 존재하는가 아닌가 하는 철학적인 의문이 남게 됩니다. 저는 의사이지 철학자는 아닙니다. 그런 식의 결말이 나지 않는 사고실험보다는 어떻게 하면 태아의 의사를 최대한 존중할 수 있을지를 고민하지 않으면 안 되는 입장이지요.

…라는 말씀은, 합의 출생제도가 완벽하지 않다는 뜻인가요?

개인적으로 완벽한 제도 같은 건 없다고 생각합니다. 어느 시대의 어떤 제도도 제한된 인간의 지성에서 만들어진 것이니까요. 인간이 완벽한 존재가 아닌 이상 어떤 제도도 결함은 존재할 수밖에 없고 먼 훗날에는 이 또한 터무니없이 어리석은 제도로 비쳐질지 모릅니다.

담당의는 온화한 시선으로 나를 바라보며 천천히 그렇게 말했다.

250년 전 미국인은 흑인이 더럽기 때문에 노예가 된다고 생각했죠. 또 160년 전의 영국에서는 여성이 남성보다 열등하기 때문에 투표권을 주어서는 안 된다고 했고요. 일본에선 어땠을까요? 60년 전엔 국가체제 붕괴로 이어진다며 여성 친황을 인정할 수 없다고 주장했습니다. 어느 것이나 지금으로 봐서는 어처구니없는 바보 같은 생각이지만 옛날 사람들은 그런 것들을 진지하게 믿었을 겁니다. 그러니 어쩌면 50년쯤 후엔 '출생 동의'는 말도 안 되는 이상한 제도로 보일 수 있고 혼인 제도 자체가 비합리적이라고 여길 수도 있는 것이지요.

그런 제도를 우리가 지금 따르고 있다는 말씀인가요?

우리는 미래인이 아니라 현재를 사는 사람들이니까요. 이보다 더 좋은 제도가 나타나지 않는 이상 어쩔 수 없습니다.

선생님은 한숨을 폭 내쉬더니 비밀이야기라도 하듯 목소리를 낮추며 말했다.

물론 그런 제도를 따르지 않고 무슨 일이 있어도 아기를 낳겠다는 확신범도 있고, 저도 몇 명인가 본 일이 있습니다. 하지만 역시 범죄는 범죄이기 때문에 산부인과 의사로서 절대 추천할 수는 없습니다.

결국 소개장을 받지 못한 채 우리는 병원을 나섰다. 그럼에도 포기하지 않고 닥치는 대로 다른 병원을 돌았다. 카오리는 보내야 할 원고를 내던지고 밤낮으로 나와 함께 병원을 수소문해 다녔다. 그러나 어떤 병원에서도 소개장 같은 건 써주지 않았다. 카오리는 출판사의 도움으로 담당 편집자의 친구가 의사라며 소개로 방문한 산부인과에서 간신히 소개장을 받아 소개장에 기재된 인증병원에 갔으나 문진 단계에서 검사를 거절당했다. 지난 검사의 남자 기사가 말한 대로 그날의 검사 결과는 이미 온라인으로 모든 인증병원에 공유되어 어디에서도 확인이 가능했던 것이다. 산부인과 진료실에서는 우리에게 설령 재검사에서 '동의'가 나온다 해도 채택되는 건 초회에서 받은 결과이기 때문에 '동의'로 보지 않아 증명서 발급 또한 되지 않는다고 못을 박았다. 즉, 무슨 일이 있어도 '거절'이라는 결과가 뒤집히는 일은 없다는 뜻이었다.

사면초가의 상황에서도 예정일은 묵묵히 다가와 눈 깜짝할

새 2주가 지났다. 언제 진통이 시작되어도 이상하지 않는 상황이었다. 이대로 질질 끌다가는 진짜 강제출산이 되어 버린다. 리리카로부터 검사 결과를 묻는 메시지는 오지 않았다. '동의'였다면 내 쪽에서 먼저 보고했을 테니까. 내게 아무런 연락이 없으니 아무것도 묻지 않고 두는 것이 낫다고 생각했으리라.

우리 검사 결과를 받아들이고 이번엔 포기하는 게 어떨까…

카오리가 이렇게 말한 건 4월 초순의 오후였다. 여기저기 병원을 수소문해 다니느라 지친 나머지 거실 소파에서 축 늘어진 채 잠시 쉬고 있을 때였다. 나는 내 귀를 의심했다. 그녀만은 언제까지나 내편일 거라고 생각했다. 그럼에도 카오리마저 이 아이를 버리려 하다니 지금껏 첫딸의 탄생을 고대하며 함께해온 시간은 우리에게 대체 뭐였을까? 모두 거짓말이 되는 걸까? 그조차도 아니라면 그저 무의미한 공허로 사라지는 걸까? 엄청난 고독감이 밀려와 그녀의 말에 나는 격렬한 거부 반응을 보였다.

자기마저 그런 말을 하다니! 이 아이를 죽이겠다는 거야?

죽이는 게 아니잖아! 태어나고 싶지 않다는 의사를 존중하고 있는 거라고.

그게 정말 이 아이의 뜻인지 아닌지 알 수 없는 거잖아.

그치만 달리 참고로 삼을 만한 정보도 없으니 검사 결과를 믿을 수밖에 없는 거 아니야?

애초에 정말 신용할 수 있는 검사가 맞기는 할까? 숫자를 전송해 그걸로 '동의'와 '거절'을 알 수 있다고 하지만 그 구조는 완전한 블랙박스나 마찬가지잖아. 우리가 모르는 곳에서 얼마든지 조작도 가능한 거 아니냐고.

그럴 이유가 어디 있지?

카오리는 의아하다는 표정으로 나를 바라보았다.

왜 그런 피해망상에 빠져 있는 거야?

나는 그녀와 마주해 더 이상 아군도 적군도, 아무것도 아닌 그 얼굴을 똑바로 응시했다. 창밖으로는 추적추적 봄비가 내리는 소리가 들려왔다. 불현듯 이 상황에 기시감이 들었다. 그제서야 떠올랐다. 불과 한 달 전의 일인데도 벌써 아득히 먼 옛 일처럼 느껴졌다. 당시 언니가 했던 말을 지금 고스란히 내가 되풀이하고 있었던 것이다. 그저 아이를 낳고 싶다는 욕구를 뛰어넘지 못해 검사 결과를 받아들이지 못하는 것뿐 아닌가. 한심하다. 이게 무슨 꼴이냐며 자조하면서도 물러서기 싫었다.

피해망상이라고? 그런 게 아냐! 그럴 가능성도 있다는 소리야. 자기도 부인하지 못 하잖아.

그런 건 음모론,

여기까지 말하고 일단 말을 끊은 카오리는 자신을 진정시키려는 듯 심호흡을 한 번 하더니 내 쪽으로 몸을 돌렸다.

그럼 내게 말해줄래? 자기는 어떻게 하고 싶어?

나는 어떻게 하고 싶은 걸까? 뱃속의 이 아이를 어떻게 하고 싶은지 선뜻 답이 나오지 않았다. 다만 분명히 말할 수 있는 건 이 아이를 잃게 된다면 너무 슬픈 나머지 견딜 수 없을 거라는 사실 하나였다. 내가 아무 말도 하지 않자 그녀가 다시 물었다.

설마 동의를 받지 못한 이 상황에서 아기를 낳고 싶다고 말할 건 아니지?

…

강제출생은 어떤 일이 있어도 용납할 수 없다는 건 자기도 잘 알잖아.

…

제대로 출생 동의를 받고 태어난 아야카는 잘 모르겠지만 합의 없는 출생은 정말로 괴로운 일이야.

당사자의 입에서 나온 그 말은 설득력이 커서 나는 할 말을 찾지 못했다. 언니도 이런 기분이었겠구나, 거절이란 말을 들었던 때에. 내게 조목조목 비난을 받으며 얼마나 무력했을까? 얼마나 슬펐을까? 그토록 정론을 늘어놓으며 언니에게 일장 연설을 했음에도 정작 내 처지가 이렇게 되고 보니 이런 꼴이다. 참으로 한심하다. 이젠 거짓말을 하면서까지 아이를 낳은 고노 부장의 아내 심정까지 뼈저리게 알고도 남았다. 지금까지 단 한 번도 정당성을 믿어 의심치 않았던 합의 출생제도가 나와 아이를 가로막는 거대한 벽으로 보였다. 틀린 건 자신임을 알고는 있었지만 이런 제도 따위 없어져야 해, 이런 제도가 없었던 옛날이 부럽다, 이런 마음까지 들었다.

자기야말로 아무것도 모르고 있어.

뭘?

카오리가 의아한 표정으로 나를 바라보았다.

한 번 내뱉은 말은 주워담을 방편이 없어 거침없이 토해낼 수밖에 없다. 나는 얼굴을 들고 그녀를 바라보았다. 내 표정이 보이지는 않았지만 분명 원망에 가득 찬 얼굴이었음에 틀림없다.

임신한 사람의 기분 말이야.

중얼중얼 말을 흘렸다. 모든 퇴로를 끊어낸 내게 남은 유일한 주장이었다.

임신으로 내 몸, 내 피, 내 살로 10개월에 걸쳐 이 아이를 키운 건 나지, 자기가 아니니까.

이런 건 이유라 할 수도 없는 그저 원망의 넋두리일 뿐이라고 생각하면서도 한 번 입에서 튀어나온 말들은 제멋대로 달려가 붙잡으려 해도 붙잡을 수가 없었다.

아이의 의사를 존중하는 거라고 말은 번드르르 하지만 아이를 품고 있는 사람의 입장이 한 번 되어 보면 그런 말 쉽게 못하지. 10개월의 노력이 한방에 사라지는 거라고, 단 10분간의 검사로 말이야. 대체 난 무얼 위해 지금까지 노력해온 걸까?

아야카가 애쓴 거 알아. 하지만 나도 함께…

그 입 좀 다물어 줄래?

카오리의 말을 가로막고 나는 계속해 내 주장을 이어갔다. 내가 지금 이러고 있는 건 그녀의 애정에 기댄 불평에 다름 아님을 알고는 있었지만 그럼에도 언어가 끊임없이 내 몸 안에서 솟아나오고 있었다.

애초에 생존난이도가 높아서 태어나고 싶지 않다니, 이거 너무 웃기는 일 아닌가? 그런 걸 인정하자는 존재는 인간밖에 없어. 옛날 사람들은 살면서 맞닥뜨린 어떤 시련 앞에서도 당당히 마주하며 앞으로 나아갔어. 인생이 조금 꼬였다고 자신을 낳아준 부모를 원망하다니 응석도 정도가 있지!

그게 지금 무슨 소리야? 설마 내가 겪은 괴로움도 그저 응석일 뿐이라고 말하는 거야?

그냥 넘기지 않겠다는 듯 카오리 역시 성을 내며 그렇게 되물었다.

한번 상승한 말의 기세는 쉽게 떨어질 줄을 몰랐고 이제는 이성으로 제어할 수도 없는 지경에 이르러 더욱 날 세운 말을 불러들였다.

잘 아네? 어, 맞아. 유리 멘탈을 가진 어리광쟁이. 아버지에게 인정받지 못했다고 자신의 출생을 증오하다니 철이 없어도 너무 없는 거 아냐? 그런 상황에 처했다고 다들 자기처럼 나약하게 군다고 생각하면 오산이야.

말이 튀어나오고 나서야 아차했다. 그녀와 사귀고 이렇게 싸우는 건 처음이었고, 수위 조절이 되지 않아 절대 해서는 안 될 말을 해버린 것이다. 이유가 무엇이 되었든 그녀의 절절한 고통을 폄훼하는 말은 하지 말아야 했다. 나도 모르게 홧김에 던진 말이었고 곧 후회했으나 되돌리기는 이미 늦었다. 나는 말없이 그녀를 빤히 쳐다보기만 했다. 그녀의 얼굴이 순식간에 일그러지더니 일순 조용히 내 쪽을 노려보았다. 그리고는 자리에서 조용히 일어나 자기 방으로 들어갔다. 거칠게 문이 닫히는 소리가 쾅 하고 울리자마자 거실 가득 정적이 차 올랐다. 고요한 거실에 홀로 남겨진 나는 어두워질 때까지 멍하니 있었고 뱃속의 작은 내 아기가 간혹 움찔거렸다. 불길한 빗소리만 주르륵주르륵, 유리창 하나를 사이에 두고서 세상에 울려 퍼지고 있다.

그후 며칠 동안 카오리와 나는 단 한마디의 대화도 나누지 않았다. 그녀는 여느 때와 같이 밥을 차렸지만 둘이서 함께 식사를 하는 일은 없었다. 늘 그녀가 만들어 놓은 걸 나 혼자 먹었다. 여전히 정성 들여 만든 균형 잡힌 음식이었다. 나와 얼굴을 대하기 어색해서인지 그녀는 자주 외출을 했고 집에서 식사를 한 흔적도 보이지 않았다. 아마도 근처 카페에서 작업을 하면서 식사도 그곳에서 하는 거겠지. 마주치지 않도록, 나도 그녀가 주방에서 뭔가를 하고 있는 기색이 있을 땐 내 방에 틀어박혀 나오지 않았다. 설령 마주쳐도 서로 아무런 말도 하지 않고 재빨리 얼굴을 돌리고 자기 방으로 들어갔다. 내가 먼저 그녀에게 사과해야 한다는 걸 알고 있었지만 어떻게 말을 꺼내야 할지 알 수가 없었다. 사과를 한들 결국 아기를 어떻게 할 것인가에 대한 이야기로 돌아갈 것이다. 카오리는 출생 취소를 받아들여야 한다고 주장할 것임에 틀림이 없다. 그러나 나는 그것만큼은 도저히 받아들일 수가 없었다. 이대로 아이를 낳게 되면 그녀까지 범죄자를 만드는 일이 되어 곤란한 상황에 처하게 된다는 걸 알면서도 마음 깊은 곳에선 모 아니면 도, 일단 낳고 보자는 그런 내가 있는 것도 사실이었다. 이런 모순된 생각에 시달리는 것이 괴로워 낳고 싶지 않다면 차라리 그녀가 먼저 이야기를 꺼내 주었으면 하는 바램도 있었다.

출생 동의 검사 결과가 공유되는 건 '출생 동의 인증병원'뿐이기 때문에 낳으려고 마음먹으면 집에서는 물론 일반 산부인과 병원에서도 출산은 가능하다. 외국은 어떨지 몰라도 일본에서는 동의 없이 태어난 아이라 해도 일단 태어난 이상 합의로 태어난 아이와 동일한 법적 지위를 가지며 출생 신고나 호적 등록 등의 행정절차에서 불이익을 받을 일은 없다. 역 앞의 산부인과 병원 의사가 말한대로 합의 없는 출생은 사회 윤리적으로 권장되지 않으며 직장이나 이웃에게 들킬 경우 비난이 따르겠지만 그 또한 각오만 한다면 하나의 선택지다. 이건 미래와의 도박이다. 그렇게 태어난 아이가 자신의 삶을 원망하지 않고 출생강제죄로 부모를 고소하는 일 없이 성인이 될 때까지 자랄 수 있을지에 거는 위험한 도박. 실제로 인터넷에 검색해보면 검사 결과가 '거절'임에도 불구하고 굳이 아이를 낳아 어른이 될 때까지 무사히 키우는 데 성공한 사람들의 체험 사례가 얼마든지 있었다. 예전엔 그런 범죄 행위를 글로 써 공개하다니 부끄럽지 않냐며 비난하는 쪽이었지만 지금은 그런 글이 구원처럼 다가왔다. 다만 그런 일이 언론에 오르내릴 일은 많지 않기도 하거니와 모두 익명으로 쓰여진 글이기 때문에 결국 어디까지나 사실인지 검증할 방법이 없었다.

그럼에도 나는 계속 그런 글을 찾아 읽었다. 검사 결과 오류, 출생 동의 재확인, 거절 후 재검사 등의 키워드를 입력해 검색하고는 여러 사람들의 체험기를 탐하듯 읽고 또 읽으며 내가 읽고 싶은 글을 찾아 헤매고 있었다. 인터넷의 바다에는 실로 다양한 경험담과 의견이 넘실대고 있었다. 검사 결과를 불신하는 사람, 합의 출생제도의 합리성에 의문을 제기하는 사람, 국내에서 재검사를 계속 거절당해 외국으로 건너가 재검사를 받은 사람 등등. 진위 여부는 알 수 없으나 검사 기사를 매수하거나 해커를 고용하는 등 어둠의 경로를 통해 검사 결과를 조작했다는 기사도 보였다. 비슷하게 위조 인증서를 손에 넣을 수 있다는 정보까지 있었다. 그런 말에 위로받는 한편 지금 내가 하는 일은 그저 자위행위에 불과하다는 자괴감에 빠졌다.

자위행위에도 슬슬 질릴 무렵 더 신빙성 있는 정보가 필요해진 나는 이번에는 프리넷 백과사전에 접속해 '합의 출생제도'라는 글자를 입력했다.

[합의 출생제도는 생의 자기결정권이라는 이념 아래 합의 없는 출생으로 인한 불이익을 막고 출생 의사가 있는 태아의 삶을 받아들이고 확보하려는 제도다. 이는 현대사회에 있어 표준제도에 해당하며 주요국의 대부분에 도입되어 있다.]

이어 '합의 없는 출생'이란 링크를 클릭하자, [합의 없는 출생은 태아의 출생 의사를 거치지 않거나 출생 의사 확인에서 거부를 표시했음에도 태어나는 것을 뜻한다. 현대사회에서 합의 없는 출생은 생의 자기결정권을 근본적으로 침해해 큰 불이익을 초래하는 것으로 간주되므로 일본을 포함한 대다수의 나라에서는 합의 없는 출생을 강요하는 것을 출생강제죄라는 명확한 범죄로 규정하고 있다.]

이런 문장이 쓰여 있었다.

[19세기 작가 '암브로즈 비어스'는 '악마의 사전'에서 '탄생'에 대해 '수많은 재앙 중 가장 먼저 방문하는 가장 무서운 재

앙'이라 말하고 있으며, 여기에 쓰인 '탄생'이란 곧 '합의 없는 출생'을 가리킨다는 것이 현대의 정설로 받아들여지고 있다. 그 이유는 합의 출생제도가 도입되기 전의 세계에서의 출생이란 원칙적으로 합의로 태어난 것이 아니기 때문에 필연적으로 합의 없는 출생이 되는 것이다.]

이렇게까지 쓰여 있었다.

합의 출생제도 페이지로 돌아가 목차를 멍하니 바라보다 한참 아래 단락에 '음모론'이란 소제목이 있어 그곳을 클릭했다.

[합의 출생제도를 둘러싼 '국민선별론', '사상과 신조 관리론', '무작위론', '힘의 균형 유지론', '진화 프로세스 조작론' 등 여러 음모론이 유포되어 있어 일정 부분 신빙성이 있다고 주장하는 사람도 일부 있으나(어디의 누구?), 대부분 후생노동청에 의해 인정되지 않고 있다.]

읽으면 읽을수록 그 말들이 전부 나를 지탄하는 것처럼 느껴져 마음이 언짢았다. 세상의 상식에 있어 지식으로 분류된 정보가 모두 너 틀렸어, 지금 당장 회개해, 라고 나를 콕 찍어 가리키는 것만 같았다. 정신차려 보니 사전 페이지를 닫고 검색창에 '음모론의 올바른 근거' 같은 키워드를 입력하고 있었다.

그러다 내가 지금 하고 있는 일들의 무모함과 무력감에 흠칫 놀라 모든 것에 진저리가 나서 컴퓨터를 덮고 밖에 나가 산책을 하기로 했다. 거실에는 아무도 없었다. 희미한 햇빛만이 정적에 잠겨 있었다. 굳게 닫힌 카오리의 방에서 인기척이 느껴지지 않는 걸 보면 아마도 외출을 한 듯했다. 오후의 하늘은 흐리고 둔탁한 구름이 층을 이루고 있었다. 공기에서 비가 그친 후의 냄새가 났다. 몇 개의 물웅덩이가 생긴 거리에 노란 모자를 쓰고 책가방을 메고서 하교 중이던 초등학생들이 내 눈앞을 스쳐 지나갔다.

친구들과 와글와글 떠들며 씩씩하게 걷고 있는 저 아이들 한 명 한 명 모두 출생 동의로 태어났겠지. 스스로 원해 태어나 부모와 세상으로부터 축복을 받은 아이들. 커가는 동안 꼭 순풍에 돛 단 듯한 삶을 보내게 되는 것만은 아니겠지만 내 삶을 스스로 선택했다는 체험이 찬란하게 빛나는 등불이 되어 눈앞에 나타난 어둠을 씻어주는 그런 생의 권리를 받은 아이들. 그 아이들을 보고 있는 동안 '거절'을 받았음에도 아이를 낳고 싶어하는 나를 탓하고 있는 것만 같아 숨이 쉬어지지 않을 만큼 짓눌리는 느낌이었다. 저 아이들이 축복받은 존재라면 내가 낳고 싶어하는 이 아이는 그렇지 않은 존재가 된다. 합의 없는 출생은 저주이고 그 저주를 내린 사람은 바로 내가 된다. 10분 정도 걸어 근처 공원에 도착했다. 공원엔 놀이기구 종류가 다양하고 형형색색의 꽃이 가득 심어져 있어 아이가 태어나면 데려오고 싶은 장소 중 하나였다. 지금도 공원 화단에는 붉은 히아신스와 노란 메리골드, 핑크빛 아스틸베가 활짝 피어 있었고, 봄비가 막 지나간 참이라 꽃잎에 투명한 물방울이 맺혀 있었다. 박태기나무와 살구나무에는 분홍색의 작은 꽃망울이 희미하게 한들거리고 있었다.

걷다 지친 나는 공원 벤치에 앉아 잠시 쉬기로 했다. 어디선가 먀- 먀- 하는 작은 울음소리가 들려왔다. 고양이 소리처럼 들리기도 했지만 그보다는 좀 더 높고 날카로운 음색이었다. 가만히 귀를 기울이니 여러 개의 목소리가 섞여 있어 매우 소란스러웠다. 나는 목소리가 어디서 들려오는지 궁금해 잠시 찾아보았다. 그러다 미끄럼틀 아래 그늘진 곳에 목소리의 주인을 발견했다. 그건 네다섯 마리의 갓 태어난 듯한 작은 강아지들이었다. 손바닥보다 조금 더 큰 정도의 연약해 보이는 강아지들은 엄마로 보이는 커다란 검은 개의 배에 매달려 먀-먀- 소리를 내며 젖을 빨려고 꿈틀거렸다. 비를 맞은 탓인지 어미개도 강아지들도 흠뻑 젖은 채였고 특히 아기들은 추운지 부르르 떨고 있었다. 개든 고양이든 나는 펫을 키워본 적이 없다. 그들도 인간에게 길들여 지기를 진정으로 바라는 것인지, 그들의 의사를 무시하고 인간의 편의만을 위한 기르는 건 아닌지, 그런 의심을 도저히 떨쳐버릴 수 없었다. 그러나 이 세상에 갓 태어난 작은 생명이 어떻게라도 살아남으려 안간힘을 쓰는 모습을 보는 동안 마음이 덜컹거렸다.

개에게도 자유의지라는 것이 있을까? 살아있으니 아마도 어떻게 행동해야 하는지에 대한 의사 정도는 가지고 있을 것이다. 만약 그렇다면 어미개의 뱃속에 있던 강아지들도 태어나기를 바라거나 바라지 않거나 그랬을까? 어느 쪽이건 그들은 자신의 의사와 상관없이 태어난다. 합의 출생제도가 생기기 전의 인간들도 그랬다. 거기엔 고뇌나 갈등도 없었고 그저 신의 의지와 운명, 자연의 섭리 같은 것들을 따르며 생명을 순환을 이어왔다. 지금에 와서는 그 사실이 부럽다는 생각마저 들었다. 그와 동시에 두 달 전 언니에게 했던 말들이 모조리 부메랑이 되어 나를 치고 있었다. 그러니까 인간이 동물과 다른 거잖아. 인간에게만 있는 진화 과정을 거부하라는 뜻이야? 인간은 인간으로 있어야 해.

맞는 말이다. 개가 부럽다고 생각하다니 미친 생각이다. 그러나 이 미친 생각을 하고 있는 나의 괴로움은 예전의 나였다면 전부 부정했을, 올바르지 않은 생각이라 할지라도 억누를 방도가 내게는 없었다.

우와, 강아지다!

돌연 등 뒤에서 어린아이의 목소리가 들려와 고개를 돌려보니 성인 여자 하나가 아이 둘을 데리고 서 있었다. 눈을 반짝이며 강아지를 바라보는 두 아이는 모두 학교에 아직 들어가기 전의 연령으로 보였다.

엄마 개랑 아기 강아지들인가 봐. 완전 귀엽네!

엄마인 듯한 여자가 아이들에게 그렇게 말하고는 내 쪽을 향해 가볍게 인사했다.

죄송해요. 아이들이 시끄럽죠?

아뇨, 아뇨, 괜찮습니다.

갑자기 말을 걸어와 어떻게 답해야 할지 몰라 당황하다 어미 개와 강아지를 둘러싸고 즐거워하는 아이의 미소에 가슴이 미어질 듯 아팠다. 그 여자는 내 배를 보더니 부드러운 표정을 지었다.

곧 아기와 만나게 되겠네요.

아, 네…

남자아이인가요, 여자아이인가요?

여자아이예요.

아직 젊은 분이니 아기도 건강하게 태어날 거예요.

그 말이 날카로운 가시가 되어 가슴에 꽂혔다. 눈앞에서 행복하게 웃고 있는 그 여자를 밀쳐내고 싶은 충동을 간신히 참았다. 이 아이들은 분명 스스로 태어나길 원해서 이 세상에 나왔을 것이다. 내 아이와는 달리 축복받은 아이들이다. 그 사실이 샘나고 아이들의 웃는 얼굴이 얄미웠다. 만일 이 자리에서 그 엄마에게 나의 이런 심정을 토로한다면 어떤 반응을 보일까? 분명 나를 경멸하겠지. 야만적인 짐승, 세간의 상식을 벗어난 비인간적인 존재를 보는 듯한 눈으로 나를 비난할 것이다. 도망치듯 공원을 벗어나 집으로 돌아왔다. 앞으로도 계속해서 합의 출생제도 안에서 동의를 받고 태어났을 아이들을 볼 때마다 이런 괴로운 심정에 시달려야만 하는 걸까? 내가 이 아이를 낳는다면 언젠가 그 사실을 들킬까 두려워 폭탄을 껴안은 듯한 매일을 살아가게 될 것이다. 고노 부장의 아내가 느꼈을 기분을 상상하니 정신이 혼미해지고 언니가 겪었을 슬픔을 떠올리면 가슴이 옥죄어와 숨이 쉬어지지 않았다. 집에 도착해 우편함을 열어보았다. 그 안에는 수신자가 나로 되어있

는 편지 한 통이 와 있었다. 하지만 발신인 란에는 아무 이름
도 쓰여 있지 않았다. 이런 시절에 손 편지라니 드문 일이다.
그런 생각을 하며 집으로 들어와 내용물을 확인하니 언니에게
서 온 편지였다.

❖

아야카에게.

오랜만이지? 그렇지도 않나… 잘 지내고 있어? 부디 그래야
할 텐데. 갑작스러운 편지에 놀랐을 거야. 그래도 끝까지 읽어
주면 좋겠어. 네가 이 편지를 읽을 즈음이면 출산 예정일도 가
까워지고 출생 동의 검사도 이미 끝났겠지? 나야 비록 그 결
과를 알지는 못하지만 부디 결과가 좋았기를 바래. 하지만 만
에 하나 원하는 결과가 나오지 않았더라도 너무 의기소침에
빠지지는 않았으면 해. 후회하지 않을 선택을 해주었으면 해.
무엇보다도 나와 같은 잘못을 저지르면 안 돼. 나는 지금 아무
도 나를 찾지 못하는 곳에서 숨어 지내는 중이야. 이토록 정보
기술이 발달한 현대에도 이런 장소가 아직 몇 곳이나 남아있
다니 놀라울 따름이야. 그렇다고는 해도 여기가 어디인지 밝

힐 수는 없어. 발각이라도 되면 정말 곤란해지니까. 같은 이유로 휴대폰도 없앴고 택시도 타지 않아. 전화기에 내장되어 있는 GPS로 여기가 어디인지 분명 알게 될 거고, 택시를 사용하면 승차 기록이 남게 되니까. 지금부터 내가 쓸 내용은 매우 충격적일 거야. 그러니까 아무도 없는 곳에서 마음을 차분히 하고 읽어줘.

우리가 작년에 같이 갔던 신주쿠의 카페 '매그놀리아' 기억해? 보도 제한이 걸려있어 뉴스에는 나오지 않았지만 그곳은 '천애회'의 본거지야. 매그놀리아의 꽃말, 혹시 알고 있니?

자연을 사랑하다.

겉으로는 오래된 카페지만 사실 벽 뒤에 지하로 통하는 비밀 통로가 있고, 그곳을 따라 내려가면 회원들이 평소에 활동하는 밀실과 연결이 되어 있어. 어떤 전파도 닿지 않고 외부에서는 절대로 탐지할 수 없는 지하 밀실이라 지금까지 오랫동안 정부도 경찰도 속수무책이었어.

어떻게 내가 그런 걸 알고 있는지 궁금할 거야. 그래 고백할게. 나 실은 '천애회'의 회원이었어. 도쿄에 자주 갔던 이유도 회원 모임과 활동 때문이었고. 하지만 나는 테러 계획에는 관여하고 있지 않으니 안심해도 돼.

원래 천애회의 시작은 소박하게 도움을 나누자는 거였어. 합의 출생제도로 인해 자신의 아이와 사별을 강요당한 서글픈 운명의 엄마들이 모여 마음의 상처를 치유하기 위한 모임, 그게 시작이야. 자신의 경험을 함께 공유하고 어떻게 하면 이 슬픔을 극복할 수 있을지, 앞으로 어떻게 살아가야 할지를 논의하자는 것이 그 취지였어. 지금의 천애회는 수상한 종교회나 테러 조직 같은 이미지가 강하지만 테러가 일어나기 전까지만 해도 아픔을 함께 나누고 도우려는 활동이 각지에서 행해지고 있었어… 그게 본래의 목적이었고 천애회라는 이름이 붙은 것도 출범한지 한참 후의 일이야. 처음에는 매그놀리아 회(会) 라는 이름이었어.

내가 이 모임에 참여하기 시작한 건 몇 년 전의 일이야. 아이도 잃고 남편과도 이혼했던 바로 그 때, 난 정말 외로웠어. 누군가와 이야기를 하면서 고민을 털어놓고 슬픔을 나누고 싶었어. 그러다 인터넷을 통해 우연히 이 모임을 알게 되었고 몰래 도쿄에 다니기 시작했지.

지금 생각해보면 그때부터 이미 뭔가 수상한 느낌이 있기는 했어. 그저 슬픔을 공유하고 극복하기 위한 대화를 하기보다는 출생 중단을 강요당한 아내의 마음을 몰라주는 남편이나 가족을 향한 원망을 쏟아내는 자리가 돼 있었지. 물론 그런 자리도 매우 중요한 데다 실제로 기분을 토로함으로써 구원받은 사람이 많이 있었지. 하지만 공감이 공감을 불러와 점점 같은 기분이 고조되자 어느새 원한의 화살이 합의 출생제도와 그걸 만든 정부와 체제, 그리고 그걸 용인한 사회를 향하게 된 거야.

이런 제도를 만든 건 결국 임신한 쪽의 기분을 알 수 없고 알려고도 하지 않는 남자들이지 않냐는 말을 누군가 하면 맞장구를 치며 모두의 갈채를 받았어. 출생 동의는 죄다 거짓이다, 실제로는 나라가 뒤에서 국민의 정보를 긁어모으려는 것이다, 이렇게 말하면 역시 그럴 줄 알았다며 어쩐지 이상했다고 수긍을 했어.

그럼에도 나 실은 말이지 그런 공감의 소용돌이 안에 잠겨 있는 게 참 좋더라. 역시 틀린 건 내가 아니라고, 잘못된 건 사회와 세상이라고, 그렇게 믿으려는 내가 있었어. 인간은 참 나약한 존재야, 그치? 상처받지 않기 위해서라도 자신과 다른 의견 앞에선 펄쩍 뛰거나 못 본 척해. 자기 자신을 긍정해줄 만한 정보만을 받아들이려 하지. 그런 정보는 말이야 마약처럼 섭취할 때마다 내 신념을 무럭무럭 키우고 그 모임에 대한 의존도를 높이게 돼. 그렇기 때문에 잘못된 게 사회라면 그걸 바로잡아야 한다는 말을 누군가 꺼냈을 때 이견이 나오지 않았던 거야.

처음에는 시위나 역 앞에서의 연설, 잡지 기고 등의 활동으로 시작해. 물론 나도 몇 번 참가한 적이 있고. 그러는 동안 좀 더 효과적인 수단을 써야 한다는 주장이 나왔어. 출생 동의 인증병원을 공격하자는 의견도 그때 제기된 거야. 나는 그 계획과 무관하지만 강하게 반대도 할 수 없었어. 어차피 그런 계획을 실행에 옮길 수 있을 리 없다고 생각했거든. 실제로도 계획 단계에서 회원이 체포되는 일이 수차례나 있었으니까.

S국제병원 공격이 성공했을 때 나는 진심으로 겁이 났어. 신념을 위해 수백 명을 죽이는 일은 아무리 그 목적이 옳다 해도 지나친 일이라고 생각했어. 나와 같은 생각을 하는 사람도 많았기 때문에 한때는 탈퇴자가 속출하기도 했지만 나는 고민 끝에 탈퇴하지 않고 남아 지켜보기로 했어. 그후로도 출생 거절을 당해 낙태를 하지 않을 수 없는 상황에 직면한 여성들은 매일같이 어디선가 나타났고, 대규모 행동을 실행한 후에는 동조자들도 꽤나 늘었기 때문에 새 회원을 모집하는 데 어려움은 없었어. 그러던 중 다음 공격 계획이 제기된 거야. 잠정 목표는 바로 T대학 부속병원이었고.

계획을 알게 된 건 아야카 집에 방문했던 2월의 바로 그날 밤이야. 갑자기 들이닥쳐 너에게 의미를 알 수 없는 말만 지껄였던 거 정말 미안해. 계획을 안 직후라 혼란스러웠어. 네가 T병원에서 출생 동의 검사가 예정되어 있다고 했을 때 내가 그만두라고 설득했던 거 기억하지? 검사 후 나와 같은 일을 당하지 않기를 바라는 마음이 컸고 꼭 검사를 해야 한다면 그 병원은 위험하니 가지 않았으면 했어. 하지만 너의 굳은 의지를 보며 틀린 건 바로 나일지도 모른다는 생각이 들더라. 내가 옳다는 증명을 위해 자연이라든가 하늘의 뜻, 음모론 등 그 어떤 것에도 최선을 다 했어. 결국 난 아이를 낳고 싶다는 그 마음을 도저히 접을 수 없었던 그저 나약한 한 사람이었는지도 몰라. 아니, 실은 어렴풋이 눈치채고는 있었지만 계속 회피해 왔던 거야.

T병원에 가지 않도록 설득을 시도해 보았자 이유를 물어오면 제대로 대답도 못 했겠지. 공격 대상이 변경될 가능성도 있는 데다, 무엇보다 모임의 취지에 의문을 품은 이상 계획이 돌아가는 상황을 수수방관할 순 없었어.

매그놀리아를 경찰에 신고한 건 나야. 지금까지 모임의 활동을 묵인해온 데 대해 적어도 속죄를 해야 한다는 마음도 있었지만 그렇다고 죽은 사람이 살아 돌아오지 않을 거고 이미 저질러버린 죄과가 사라지진 않는다고 생각해. 본거지가 밝혀지고 주요 간부들이 체포되었으니 모임은 궤멸의 길을 걷게 되겠지만 아직 각지에 남은 회원들이 있고 배신자를 찾고 있어. 들키면 마지막이 되는 거야.

사실 작년에 너를 매그놀리아에 데리고 간 이유는 잘하면 모임에 들어오라는 권유를 할 수 있을지도 모른다고 생각해서야. 그런데 결국 그 말을 꺼내지 못했어. 아이가 태어나기만을 기대하고 있는 네 얼굴이 너무도 행복하게 보였던 이유도 있지만 아마도 이미 그땐 나도 모임에 조금은 의문을 품고 있었는지 몰라. 그 의문의 정체를 더 빨리 깨달았어야 했다고 지금은 후회가 들 뿐이야.

뒤죽박죽 쓴 것 같아서 미안해. 안심하라고 썼는데 안심할 수 있는 내용인지도 잘 모르겠네. 다만 처음으로 다시 돌아가자면 부디 나 같은 잘못은 저지르지 말라는 잘난 척을 하긴 했지만 결국 그 또한 내 동생에게만은 내 솔직한 마음을 털어놓고 싶었고 알아주길 바랬던 내 이기심이 불러일으킨 말일 거야. 하나부터 열까지 다 미안해.

마지막으로 한 가지 부탁이 있어. 엄마가 만약 내 소식을 물어보면 적당히 얼버무려 줄래? 이런 상황이라 아마도 당분간은 집에 갈 수 없을 거야. 그리고 이 편지는 다 읽고 태워 줘. 부탁을 두 개나 해버렸네…

엄마에 관해서라면 너에게 사과할 일이 하나 더 생각났어. 어린 시절 아빠와 엄마가 나에게는 상냥했으면서 너에게는 엄격했던 건 출생 동의를 받지 않고 나를 낳은 것에 대한 책임감 때문이었을 거야. 태어나서 불행하다고 생각해 본 적 없고 아빠와 엄마를 원망해본 일도 없었기 때문에 부모님의 그런 책임감은 쓸데없는 참견이라는 생각이 들었어. 그로 인해 너를 힘들게 해서 늘 미안한 마음도 있었고. 하지 않아도 되었을 과잉 친절이 아니었다면 우리는 더 사이좋게 지낼 수 있지 않았을까 하고 지금도 종종 생각해.

너의 행복을 위해 언제나 기도할게. 이건 진심이야.

언니로부터.

언니 비겁해. 편지를 읽자마자 처음 떠오른 말이었다. 그런데도 정신을 차려보니 눈물이 넘쳐흘러 멈출 줄 몰랐다. 이런 상황에도 나이브한 언니가 얄미웠다. 아무리 안전한 장소에 숨어 있다 해도 거의 모든 걸 털어놓은 편지를 써서 보내다니. 혼자 제멋대로 사라진 주제에 어떻게 이토록 일방적인 편지를 보내올 수 있다는 말인가? 정말이지 언니가 너무 미웠다. 자신을 깊숙한 어딘가에 숨길 요령이었다면 끝까지 아무런 소식을 전하지 않아야 했다. 내 생각을 전할 수도 없는, 어디인지도 모르는 곳에 자기 자신은 꽁꽁 숨겨두고서 뭐가 나의 행복을 빈다는 말인가? 편지를 몇 번이나 거듭해 읽었다. 언니 편지를 도저히 태울 수는 없었다. 언니의 사고 회로나 행동 원리 그 무엇 하나 나로선 이해하기 어려웠지만 그런 모임에 기대지 않을 수 없었던 언니의 슬픔이 뼈에 사무치게 전해졌다.

그때 현관문이 열리는 소리가 나서 정신이 번쩍 들었다. 어둠이 드리워진 창밖은 완전한 밤이었다. 편지를 다시 읽고 또 읽는 동안 얼마나 시간이 흐른 걸까… 카오리가 귀가한 듯했다. 반사적으로 숨을 죽이고 그녀의 동정에 귀를 기울였다. 탁하고 무거운 것이 탁자에 놓이는 소리가 들리더니 수돗물 소리, 전기 포트로 물을 끓이는 소리, 그리고 식기를 꺼내는 소리가 이어졌다. 그녀에게는 집에 돌아오자마자 홍차를 우리는 습관이 있었다. 딸깍 하고 물이 다 끓어 버튼음이 울리자 주방

선반에서 홍차 티백을 꺼내는 바스락 소리 후에 소파에 앉을 때의 삐걱대는 소리도 들렸다. 거실의 소파는 결혼을 결정하고 둘이 함께 가구점에서 고른 거지만 컬러나 디자인은 그녀의 취향이 크게 반영된 것이다. 그때는 그녀가 곁에 존재한다는 것만으로도 세상이 알록달록 환해 보였다. 아니, 3년 전으로 거슬러 올라갈 필요도 없이 불과 3주전까지만 해도 우린 행복했다. 행복 속에서 같은 세계를 바라보며 새로운 생명이 태어나기만을 고대하고 있었다. 지금 그녀가 마시고 있는 홍차만 해도 그녀가 임신한 나를 위해 주문한 디카페인이었다. 그런데도 이 모든 것이 단 10분간의 검사로 망가져버렸다. 지금 우리 앞에 놓인 길은 아이를 포기하거나 그렇지 않다면 함께 범죄자가 되어 세상의 지탄을 받으며 아이가 우리를 원망할지도 모르는 위험을 짊어진 채 죄책감에 시달릴 것을 각오하고 아이를 낳아 키우거나 하는 두 개뿐이다.

거실에서는 티컵을 탁자에 놓는 맑은 음향에 이어 가벼운 한숨 소리가 들려왔다. 정적이 가득한 가운데 창밖으로 이따금씩 지나가는 자동차와 에어택시 소리만이 귀를 간지럽혔다. 내 방문 틈으로는 거실 불빛이 보이지 않아서 그녀가 전등을 켰는지 아닌지 알 수 없었다. 그녀가 어둠 속에서 홀로 소파에 앉아 멍하니 있을지도 모른다고 생각하니 가슴이 찢어지는 것만 같았다. 이윽고 그녀가 소파에서 일어나 티컵과 소서를 싱크대로 치우고 설거지하는 모습이 선연하게 떠올랐다. 직업상 나보다 집에 머무는 시간이 길고 주방을 쓰는 횟수도 훨씬 많은 그녀라서 차를 우리거나 컵을 씻는 정도는 불을 켜지 않아도 창문을 통해 실내로 스며드는 가로등 불빛만으로 가능할 것이다. 설거지가 끝났는지 그녀가 짐을 챙겨 자기 방으로 향하는 기척이 났다. 그러나 그 기척은 곧바로 그녀 방으로 사라지지 않고 내 방 문 앞에서 한동안 머물러 있었다. 문 너머로 시선의 온도가 느껴졌다. 우리는 문 하나를 사이에 두고 서로 바라보고 있는 중이다. 그렇게 생각한 순간 얼굴이 뜨거워졌다. 내 방에는 불이 켜져 있다. 그 불빛은 문틈을 통해 거실로 흘러 들어가고 있다. 그녀는 지금 내가 방에 있다는 걸 안다. 영원히 이어질 것만 같은 침묵이 문 안팎에 서 있는 우리를 감싸고 있다. 내 심장소리가 들린다. 쿵쾅 쿵쾅. 재깍거리는 초침보다 조금 더 빠른 속도로 몸 안에 울려 퍼지고 있다. 심장의 고동이 시간이 흐름에 따라 나에게서 뱃속의 아이, 그리고 문밖의 그녀에게 이어지는 동안 우리 셋의 심장이 동기화되는 것이 느껴졌다. 혈류의 이동 방향이 하나가 되는 상상을 했다.

그녀가 그곳에 서 있다. 하지만 문을 열지도 노크를 하지도 않았다. 당장 문을 열고 그녀를 꼭 껴안고 싶었지만 용기가 나지 않았다. 포옹 끝에 있을 마주하고 싶지 않은 현실을 떠올리고 만 것이다. 어릴 때는 결혼에 골인만 하면 된다고 생각했다. 막상 결혼하고 보니 길고도 평온한 생활을 유지하는 것이 진짜 결혼 생활임을 알게 되었다. 그와 마찬가지로 설령 우리가 화해를 하더라도 앞으로 함께 해결해야 할 문제가 잔뜩 있다. 그런 생각을 하자 너무나도 무서운 나머지 도저히 첫발을 내디딜 수가 없었다. 차라리 이대로 관계를 파멸시키고 아이가 태어나기 전에 과감히 그녀와 이혼하는 편이 나을지도 모른다. 그 또한 하나의 방법이다. 출산 전에 이혼하면 카오리는 강제출산 범죄자가 되지 않는다. 그러나 우리 앞에 놓인 지금까지의 역사와 출산 후에 펼쳐질 엄청난 세월을 떠올리면 그리 간단히 결심할 일이 아니다. 거대한 죄책감을 짊어지고 타인의 시선에 흠칫 놀라며 내가 저주를 걸어버린 아이를 혼자 키워 나가는 삶을 내가 감당할 수 있을까?

시간이 얼마나 흘렀을까, 문 밖의 그녀가 움직이는 게 느껴졌다. 카오리가 방으로 들어가는지 그녀 방 쪽에서 문이 열렸다 닫히는 소리가 났다. 안도하는 마음과 실망 중에서 어느 게

154

더 큰지 모른 채 나는 눈을 감고 심호흡을 했다. 답답하다. 가슴이 두근거리고 속이 쓰리다. 나는 어느새 언니의 편지를 다시 읽고 있었고, 한 가지 생각이 마음 속에 피어나더니 점차 구체적인 형태가 되어 굳어지고 있었다. 그리고 그 생각은 결심으로 바뀌었다.

나는 다시 한 번 카페 매그놀리아에 가야만 한다.

5

카오리가 눈치채지 못하게 집을 가만히 빠져나왔을 때는 마침 직장인들이 퇴근 후 귀가를 서두를 무렵으로, 심해의 푸른빛으로 칠해진 밤의 장막 한 켠에 잘 벼린 칼날처럼 가느다란 초승달이 걸려 있었다.

러시아워의 만원 전철은 만삭의 몸으로 역시 무리라는 생각이 들어 신주쿠까지 에어택시를 타고 가기로 했다. 사람들의 시선을 신경쓰지 않고 탈 수 있는 자율주행 차량이 새삼 고마웠다. 알타 쇼핑센터 건물 앞에서 아련한 그날의 기억에 기대어 복잡한 골목을 헤매다 간신히 매그놀리아에 도착할 수 있었다. 어둑한 가로등 불빛에 비친 지하 계단은 경찰이 두른 봉쇄선 때문에 아래로 내려갈 수 없게 되어 있었다. 봉쇄선을 넘는 순간 순식간에 경비로봇이 몰려와 체포될 처지가 될 게 뻔하다. 계단 옆에 있던 '카페 매그놀리아'라고 쓰인 나무 간판도 당연히 철거되어 보이지 않았다. 주위에는 아무도 없었고 몇 대의 경비로봇만 주변을 순회하고 있을 뿐이었다. 경보가 울리지 않도록 조심하면서 봉쇄선 너머로 계단 아래 동정을 살폈다. 그러나 계단 밑 공간을 채우고 있는 건 오로지 짙은 어둠

뿐 아무것도 보이지 않았다.

언니와 함께 왔던 날의 기억이 머릿속에 떠올랐다. 언니는 지난 날 이곳을 몇 번이나 오르내리며 낙태를 강요당한 슬픔을 동료들과 나눔으로 자기 자신을 구하려 했던 것이다. 그 시절의 언니에게는 이곳이 유일한 쉼터였는지도 모른다. 그렇게 생각하니 눈시울이 뜨거워졌다. 위험한 조직에 가담한 언니를 바보라 생각하는 한편, 만약 지금도 천애회가 존속하고 있었다면 나 또한 의지하지 않을 자신이 없었다. 골목 안은 여전히 조용했다. 귀에 들어오는 소리는 경비로봇이 움직일 때 나는 소리나 멀리 도로에서 차들이 쉴 새 없이 지나가는 소리뿐이었다. 계속 서 있어도 별 수 없기 때문에 돌아가기로 했다. 애초에 내가 이곳에 왜 오려고 했는지 알 길이 없었다. 이미 그들은 적발되었고 안에 들어갈 수도 없다. 설령 들어간다 해도 아무도 없음이 분명하다. 스스로 설명할 수 없는 행동을 해버리는 것도 호르몬의 균형이 흐트러졌기 때문인지도 모른다고 생각하면서 왔던 길을 더듬어 역을 향해 걷기 시작했다. 좁은 골목이라 에어택시가 착륙하기 어려울 것 같았다.

골목 몇 개를 지나 큰 도로로 막 나오려는 찰나 갑자기 뒤에서 누군가 내 손을 잡아당겼다. 반사적으로 뒤돌아서 비명을 지르기 직전에 입을 틀어막혔다.

쉿, 조용히. 소리를 지르면 경비로봇이 눈치챌 거예요.

낯선 여자가 그렇게 속삭였다.

소리지르지 말라고 경고를 해도 갑자기 모르는 사람에게 손이 잡히면 누구라도 비명을 지를 것이다. 입을 막은 손아귀 힘으로 보아 그녀는 특별히 강한 힘의 소유자가 아니다. 내가 저항하며 난동을 부리면 근처 경비로봇이 바로 알아차리고 달려올 것이다. 그런데 여자의 다음 말에 나는 멈칫했다.

아야메의 동생 맞죠?

돌연 튀어나온 언니의 이름에 깜짝 놀라 여자의 얼굴을 쳐다보았다. 아무리 봐도 역시 기억에 없는 얼굴이다.

우리 언니를 아세요?

그렇게 묻고 나자 마음 속에 불길한 예감이 침입했다. 언니를 안다는 건 이 여자도 천애회의 한 명이라는 뜻이 된다. 본거지였던 곳에 매복하고 있었다면 경찰에 신고한 배신자를 찾고 있어서인지도 모른다. 신고한 사람이 언니라는 게 밝혀졌는지는 알 수 없지만 만약 그렇다면 언니를 유인하려 나를 인질로 잡으려는 속셈일 가능성이 크다. 내 얼굴에서 경계와 불안의 그림자를 감지했는지 여자는 손을 떼고 부드러운 표정이 되어 살며시 웃었다. 희미한 가로등 불빛 아래 그녀의 얼굴 윤곽이 조금씩 눈에 들어왔다. 언니와 비슷한 연령의, 많이 봐도 30대 후반 정도로 보이는 여자의 얼굴에는 아직 젊음의 흔적이 남아 있었고, 예쁘장한 이목구비에는 어딘지 모르게 애처로운 느낌이 서려있었다.

걱정하지 말아요. 나는 언니 친구예요. 내게 귀여운 동생이 있다며 자주 당신 사진을 보여줬어요. 진짜 사진하고 똑같이 생겼네요. 이름이 그러니까… 아야카, 맞죠?

그렇게 말하면서 그녀는 내 배 쪽으로 시선을 떨어뜨렸다.

임신 중이군요… 출산까지 얼마 남지 않아 보이는데.

여자에게서 적의가 느껴지지 않았기 때문에 나는 비로소 경계를 조금 풀었다. 그녀도 모임의 회원이었단 건 즉, 언니나 나와 같은 슬픔을 경험한 사람이라는 말이기도 했다.

예정일까지는 앞으로 일주일 정도 남았어요…

나는 소근거리듯 자그마한 목소리로 답했다.

그래요. 앞으로 조금만 버티면 되겠네요. 기다려지지요?

그녀의 말에 나는 다시금 검사 결과와 카오리가 떠올라 마음이 캄캄해졌다. 어두운 내 표정에서 사정을 짐작했는지 여자는 미소를 거두고 불안한 눈빛으로 나를 바라보았다.

거절… 이었나요?

고개를 숙이고 작게 끄덕이자 그녀가 내 손을 잡는 것이 느껴졌다. 그녀가 내 손을 부드럽게 감싸듯 쥐고 있었다. 새삼 그녀의 손길이 따스하고 부드럽다는 생각이 들며 한결 기분이 나아졌다.

힘들죠?

다정하게 들려온 그 말이 마음 깊은 곳까지 파고 들어온 순간 눈물이 주르륵 흘렀다. 지난 보름 간의 고단함과 좌절의 기억이 한꺼번에 밀려와 그녀의 얼굴이 흐릿하게 번지더니 녹아내리는 빛과 그림자의 덩어리처럼 되었다. 스무 살 이후로 카오리가 아닌 다른 사람에게 눈물을 보이는 건 이번이 처음이었다. 황급히 그녀의 손을 뿌리치며 뒤돌아 눈물을 닦으려 했다. 그러자 그때, 여자가 등 뒤에서 내게 팔을 두르며 껴안듯 내 어깨를 감쌌다. 낯선 머리카락 향기가 코를 간지럽힌다. 살아있는 인간의 체온에 휩싸이는 것이 이토록 그립고도 구원받는 기분이었구나 그런 생각이 들었다.

울고 싶은 만큼 실컷 울어요.

정신을 차렸을 때 나는 여자를 껴안고 울고 있었다. 뜨거운 눈물방울이 여자의 어깨를 흠뻑 적셨다. 그때, 지금 이 순간 곁에서 나를 안아주고 있는 존재가 카오리라면 얼마나 좋을까 이런 마음이 들었다. 여자는 내 등을 토닥이며 울음이 그치기를 기다려 주었다.

아까는 죄송했어요…

어둑한 노래방 안에서 나는 돌아서서 여자에게 사과의 말을 전했다. 여자는 미소 띤 얼굴로 가볍게 고개를 저었다.

자매라도 아야카와 언니는 하나도 안 닮았다고 생각했는데 울 때만큼은 조금 닮았어요.

창피하게도 알지 못하는 사람에게 우는 모습을 보이고 나서야 둘이서 차분히 이야기를 나누게 되었다. 천애회와 관련된 이야기는 카페나 편의점 같은 곳에선 곤란하기 때문에 노래방으로 장소를 옮긴 것이다.

여자의 이름은 김유나, 언니보다 한 살 위였다. 모임의 다른 여자들과 마찬가지로 그녀 역시 뱃속의 아이에게 출생을 거부당한 경험을 가지고 있었다. 그녀는 출생 동의 검사 결과를 남편에게 숨기고 아이를 낳았지만 출산 후 그 사실을 남편에게 들키고 말았다. 격분한 남편은 그 일을 양쪽 집안에 알리면서 자신은 아무것도 몰랐다, 단지 속은 것뿐이니 본인은 나쁜 사람이 아니라고 주장했다. 주변 사람들이 보기에 그 주장은 타당했다. 남편은 아내에게 속아 자신도 모르는 사이에 범죄자가 되어 버린 불쌍한 사람이었고 그녀는 강제출산으로 남편을 범죄자로 만들어 버린 악처였다. 일가친족들로부터 맹렬한 비난을 받았고 남편과는 이혼했으며 아이는 시댁에 빼앗겼다고 한다. 너 같은 범죄자 손에 아이를 키우게 할 수 없다는 게 그 이유였다. 그녀는 아무런 저항도 하지 못하고 모든 걸 잃어버렸다. 합의 출생제도만 없었다면 내 아기와 생이별하지 않아도 되었을 텐데, 그런 생각이 머릿속을 떠나지 않는 나날 속에서 그녀는 인터넷에서 우연히 천애회를 알았고 가입까지 하게 되었다.

그녀가 갓 입회를 했을 때엔 그곳이 편안했지만 얼마 지나지 않아 천애회에서 본인의 입지가 좁다는 걸 깨달았다. 천애회에 가입한 멤버들은 대부분 아기가 태어나기도 전에 사별을 강요당한 엄마지만 그녀는 만날 수가 없을 뿐 아이 자체는 살아있다. 아이가 생존해 있다는 사실만으로도 다른 회원들의 시기를 불러일으키는 듯했다. 결국 주변에 경력을 속이고 자신도 출생 거절을 받아 아이가 없다는 거짓말을 했다. 합의 출생제도에 대한 마음을 공유할 수 있는 곳이 바깥 세상에는 없기 때문에 어떻게든 천애회에 남고 싶었다. 그리고 진짜 경력은 아주 극소수의 사람들에게만 털어놓았다. 언니도 바로 그 중 한 명이었다. 두 사람은 마음이 잘 맞았는지 금세 친해져 모임 활동에 항상 함께 했고 모임이 아닌 곳에서도 종종 어울렸다고 한다.

언니에게 예쁘게 차려 입으면 기분이 좋아져 슬픔을 이겨내는 데 도움이 된다고 가르쳐준 사람도 그녀였다. 둘이 만날 때 언니는 내 이야기를 많이 했던 것 같다. S국제병원 테러사건 이후 천애회를 떠난 유나 씨는 더 이상 언니와 만나진 않았지만 모임을 함께 했던 때가 그리워지면 지금도 가끔 카페 메그놀리아 앞을 서성인다고 했다.

천애회를 지금은 테러조직이나 사교로 취급하지만 과격한 활동에 가담한 사람들은 사실 극소수였어요. 나나 아야메를 포함한 대부분의 회원은 단지 마음을 나눌 수 있는 사람들이 있는 곳을 찾아 모였을 뿐. 천애회는 그런 우리에게 구원이었죠. 회원은 여성이 대부분이지만 더러 남성도 있었어요. 다른 곳에서는 내 기분을 토로하는 것조차 허락되지 않았으니까요. 삶의 자기결정권이라는 명분 아래 출생을 거절한 아이를 낳고 싶어하는 듯한 언행이 보이면 바로 부모 실격이란 딱지가 붙고 마니까요.

담담하게 말을 이어가는 그녀의 옆모습이 미러볼 불빛에 반사되어 여러 색으로 물든 그림자에 가려져 표정이 잘 보이지 않았다. 노래방 기계 음향을 무음으로 설정해 두었기 때문에 홀로그램 영상만 허공에 둥둥 떠있었고, 화려한 의상을 입은 아이돌 그룹이 침묵의 바다를 떠도는 물고기처럼 고요히 입만 뻐끔거리고 있었다.

그녀의 말을 듣는 동안 예전의 내가 떠올라 마치 꾸지람을 듣는 듯 얼굴이 화끈거림을 느꼈다. 어색함과 부끄러움이 절반씩 섞인 기분이었다.

그럼 유나 씨는 합의 출생제도가 잘못되었다고 생각하나요?

동아줄이라도 붙잡고 싶은 심정으로 나는 물었다. 그럼에도 내가 원하는 답이 무엇일지 여전히 알 수가 없었다. 그녀는 고개를 갸웃하더니 잠시 입을 다물었다.

맞았는지 틀렸는지 하는 건 잘 모르겠지만…

혼잣말처럼 중얼거리다 잠시 사이를 둔 그녀가 고개를 숙이고 천천히 머리를 저었다.

그래요, 아마도 그건 굉장히 옳을 거예요. 자신의 인생이니까 태어날지 말지는 스스로 결정해야겠죠. 잘못된 요소라고는 아무것도 없어요. 하지만.

그녀는 고개를 들어 나를 바라보며 다음 말을 이어갔다.

지나치게 올바른 나머지 도망갈 곳이 없는 것처럼 느껴졌어요. 천애회는 이를테면 옳지 않은 사람들이 만들어낸 도피처와 같아요.

그치만, 모든 동물 중에서 삶의 자기결정권 같은 게 있는 존재는 인간뿐이잖요.

확실히 그렇기는 하죠. 동시에 자유나 평등 같은 개념도 인간 말고 다른 동물에게는 없고요.

잠시 침묵이 흘렀다.

이 모든 게 상상과 신념에 불과할지도 몰라요. 자유와 평등, 삶의 자기결정권, 그리고 국가도 마찬가지로, 인간은 그것들을 상상하고 반드시 있어야 할 것이라고 믿는. 우리는 자유를 믿고, 평등을 신뢰하고, 삶의 자기결정권이 옳다고 생각하며 여기까지 걸어온 거예요. 이제 와서 되돌릴 수 있을까요? 그것이 우리에게 올바른 길이라고 모두 믿고 있는데?

이런 말도 있잖아요… 정부가 합의 출생제도를 통해 국민을 선별하고 있다거나 사상적 경향을 파악하고 있다는…

포기할 수 없던 나는 결국 그렇게 말했다. 귀가 웅웅 울리더니 주변이 흐려지고 배에 둔탁한 통증이 느껴졌다.

유감스럽지만, 전부 근거 없는 이야기예요. 잘 알잖아요.

쓴웃음을 지으며 그녀가 그렇게 말했다.

그것들이 바로 천애회의 주장이었기 때문에 모임의 일원이던 내가 말하는 것도 이상하기는 하지만 결국 믿고 싶어하는 사람들이 만들어낸 이야기일 뿐이죠. 그래서 더욱 삶의 자기 결정권이 옳다는 신념을 대신할 만한 새로운 신념이 필요했어요. 나도 가입할 당시엔 그런 이야기를 완전히 믿었어요. 아니, 의심하고 싶지 않았다는 게 정확하겠네요. 왜냐하면 내가 잘못된 거라고 인정하기보다는 진실을 알고 있는 건 바로 나뿐이라고 생각하는 쪽이 더 편하고 쉬운 길이었으니까요. 진실을 세상에 알리자는 사명감마저 들었죠. 아무리 그렇더라도 S국제병원에서 그렇게 많은 사람들이 죽어 나가는 모습을 보며 자문하지 않을 수 없더군요. 스스로 진실이라 믿는 근거는 대체 무엇인지, 그런 행동까지 하게 만든 근거가 어디에 있는지를 말이예요. 그때 비로소 확실한 근거 따위는 어디에도 없다는 깨달음을 얻었어요.

그녀의 그 말에 심장이 덜컥 내려앉았다. 실은 이미 알고 있었다. 국민 선별이니 사상 파악이니 하는 것들을 위해서라면 굳이 합의 출생제도 같은 걸 거치지 않아도 된다. 일부러 그런 제도를 만들어 국민을 속이기 위해 매년 거창하게 생존난이도 지수까지 공표한다는 건 아무리 생각해도 합리적이지 않다. 그저 나 역시 언니나 유나 씨처럼 내가 틀린 것이 아니라 세상이 올바르지 않다고 믿고 싶었던 거다. 그러기를 바랐다. 돌이켜보면 무뚝뚝했던 검사기사도 검사 방법이 난폭했을 뿐 검사 결과 자체가 틀렸을 가능성은 거의 없다. 결과가 틀리길 믿고 싶었던 건 바로 나 자신이었다. 나의 좌절과 슬픔에 근거를 주고 싶었다. 아이를 낳고 싶어하는 마음이 저주가 아닌 축복일 가능성을 아주 조금이라도 찾고 싶었다. 천애회에 들어간 사람들도 마찬가지였을 테다. 비록 구원은 받지 못했을지라도. 그럼에도 어딘지 모르게 마음에 걸리는 구석이 있었다.

처음부터 출생 의사가 사실인지 아닌지는 그리 중요한 것이 아닐지도 모르겠군요.

혼란한 머릿속을 정리하며 나는 뇌리를 스치는 생각을 하나하나 말로 표현했다. 유나 씨는 그런 내 말에 고개를 끄덕이며 조용히 귀 기울여 주었다.

나는 간신히 출생 의사 확인을 거쳐 태어난 세대지만 태어나기 전의 일은 기억하지 못해요. 무엇을 알고, 어떤 생각을 하고, 어째서 태어나기로 결정했는지 무엇 하나 기억에 남아 있지 않아요. 그저 내 뜻대로 이 세상에 태어났다는 게 중요하죠. 어떤 좌절 앞에서도 이 삶은 내가 선택한 것이란 사실을 떠올리는 것만으로도 굉장한 용기를 얻고 무엇이든 이겨낼 수 있을 것만 같은 기분이 들었으니까요.

대화를 나누는 동안 머릿속에 흩어져 있던 막연한 사고의 조각들이 점차 구체적인 형태를 띠며 조금씩 떠올랐다.

결국 중요한 건 자신의 뜻대로 결정했다는 사실 자체가 아니라 그게 바로 내 뜻이었음을 믿는 일일지도 모르겠어요. 중요한 건 진실이 아니라 신념이라는. 지금 이 결과가 자신의 선택에 의한 것이라고 인정하는 것만으로도 인간은 그 결과를 수용하기 쉬워지니까. 또 살아갈 용기를 주고요. 그렇다면 극단적으로 말해 검사를 따로 하지 않고 정부가 모든 신생아에게 일률적으로 합의 출생 증명서를 발행해 준다면 같은 효과를 볼 수도 있지 않을까요?

모든 아이가 출생에 동의했다고 하는 건 너무나 거짓말스러우니까 무작위로 일부 아이들을 희생시켜 신빙성을 높인다는 뜻일까요?

실제로 일부 다른 나라에서는 그런 검사 없이 무작위로 증명서를 발행하고 있다는 소문을 들은 것이 있어요. 아 물론, 새로운 음모론을 꺼내려는 건 아니예요. 오히려 일본은 제대로 확인하고 있을 가능성이 훨씬 높다고 생각합니다.

나는 머리를 흔들며, 일본은 제대로 하고 있다고 말하는 것도 내 원망일 뿐일지도 모른다고 생각했다. 그렇게라도 하지 않으면 희생당한 아이의 엄마로서 받아들이기 어렵기 때문이다. 결국 그조차 내가 어느 쪽을 믿고 싶은가 하는 것에 지나지 않는다. 그런 마음 탓인지 아까 감지한 배의 통증이 조금 더 강해진 것 같았다. 그래도 계속 말을 이어갔다.

다만 의사 확인을 제대로 하는 것과 단순히 무작위로 고르는 건 결과적으로 별반 차이가 없지 않을까, 그런 생각을 했을 뿐이에요.

우리는 한참 동안 입을 열지 않았다. 혼란했다. 무엇이 진실이고 무엇을 믿어야 할지 전혀 알 수가 없었다. 나는 이미 지쳐 있었다. 의심하는 일에, 다른 주장을 펼치는 것에, 아이를 낳고 싶은 마음이 죄책감으로 찢기고 만 것에 너무도 지쳤다. 진실이 뭐가 되었든 결과가 달라질 리 없다면 진실이라 알려진 것을 진실이라 믿으면 된다. 그게 가장 편하고 올바른 선택이 된다. 처음부터 검사 결과가 동의로 나왔다면 이런 의심조차 하지 않았을 것이다. 예전처럼 합의 출생제도가 절대적으로 옳다고 믿고 있었음에 틀림이 없다. 불합리한 결과가 나오자마자 내 삶의 근원까지 의심하다니 너무 내 위주가 아닌가.

역시,

겨우 정리된 생각을 유나씨에게 전하려 했다. 그 순간 아랫배에 격렬한 통증이 밀려왔다. 누군가 내 몸 속에서 장기를 움켜쥐고 수건을 짜는 것처럼 비틀린 통증이었다.

아악!

갑자기 엄습한 극심한 통증으로 나도 모르게 배를 누르며 상체를 구부렸다. 내게 이상이 찾아왔음을 느낀 그녀가 당황하며, 왜 그래요? 아야카씨? 아파요?

내 등을 쓰다듬던 그녀가 금세 상태를 눈치채고 진통이 시작된 걸 안 듯했다.

다니는 병원이 어디예요? 연락처 기억해요?

밀려드는 아픔을 간신히 견디며 가방에서 핸드폰을 꺼내 연락처를 열고서 늘 다니는 역 앞 산부인과 번호를 찾았다. 통화 버튼을 누르려는 찰나 또다시 통증의 파도가 달려들어 숨이 막히면서 전화기를 쥔 손에 힘이 빠졌다. 전화기가 바닥에 떨어지기 직전 요령 좋게 붙잡을 수 있었고 병원에 전화를 걸었다. 택시를 불러준 건 그녀였다.

카오리가 병원으로 달려왔을 때 진통은 한풀 꺾여 있었다.

미안. 아직 가진통이었어.

창백한 얼굴의 카오리에게 침대에 누운 채 사과를 건넸다. 통증은 가라앉았지만 아직 목소리에 힘이 들어가지 않아 희미하게 들렸다.

가진통이라고 하기엔 보기 드문 통증이라 선생님도 처음엔 판단을 잘 하지 못했지만 조금 지나니 괜찮아졌어.

카오리는 탈진이라도 한 듯 커다란 한숨을 내쉬며 소파에 털썩 주저앉았다. 그녀의 손에는 우리가 미리 준비했던 출산용 준비물 세트가 든 가방이 보였다.

저. 그럼 전 이만…

카오리가 도작한 걸 확인한 유나씨가 안도하는 듯한 표정을 지었다.

잘 지내요.

침대에서 손을 흔들며 감사의 인사를 전했다. 그녀가 밖으로 나가자 카오리가 물었다.

저 분은 누구야?

언니 친구. 병원까지 같이 와줬어.

미안해… 이럴 때 함께 있어주지 못한 거.

아냐. 마음대로 집을 나온 건 나잖아. 빨리 달려와 줘서 다행이야. 정말 고마워.

걸을 수 있게 되면 귀가해도 된다고, 본진통이 시작되면 다시 내원해 달라는 말을 남긴 간호사가 문을 찰칵 닫고 나가자 한동안 침묵이 이어졌다. 그녀는 입을 다문 채 내 얼굴과 내 배를 번갈아 가며 바라보더니 결심이 선 듯한 표정으로 말을 꺼냈다.

저기 말이야. 나 그동안 오래 생각해 봤는데,

으응?

아기, 낳고 싶으면 낳자. 같이 기르자.

내 왼손을 쥔 그녀의 손에 힘이 느껴졌다.

내가 출산을 반대한 건 아이에게 슬픈 일을 겪게 하고 싶지 않아서야. 힘들게 하고 싶지 않다고 생각했어. 내 부모처럼 마음대로 자식을 낳아 놓고 나를 있는 그대로 받아들이지 않고, 그 때문에 아이가 힘들어지는 그런 상황을 피하고 싶었어. 하지만 계속 생각했어. 확실히 나는 내가 태어나고 싶어서 세상에 나온 게 아니고 나를 받아들여주지 않는 부모 때문에 괴로운 경험을 한 사람이야. 만약 나도 검사를 받았다면 분명 태어나기를 거부했을 거야. 그렇다고 해서 지금까지의 삶이 온통

괴롭고 불안하기만 했나 하면 꼭 그런 것만은 아니었어.

그녀는 거기까지 이야기하고 이야기를 잠시 중단했다. 나는 그녀에게 물었다.

행복해?

내 질문에 그녀는 웃음을 지었다.

행복한지 아닌지 그렇게 간단히 말할 수 있는 거였던가? 원래 힘든 일이 더 많은 게 인생이잖아. 하지만 너와 함께 있을 때 행복해. 태어나길 잘 했다고 생각될 만큼. 그래서 이 아이도 그런 행복을 느낄 수 있도록 우리가 힘껏 키워보면 좋겠다는 생각을 했어.

이 아이가 태어나기를 원해?

아이의 의사를 존중해야 한다는 생각에는 변함이 없어. 지금도 아이가 태어나고 싶어하지 않는다면 낳지 않는 것이 옳다는 마음이야. 하지만 그게 너에게 상처를 주는 일이라면 얼마든지 바꿀 수 있어. 온 힘을 다해 예뻐해 주면서 행복하게 해줄 거야.

나는 그런 그녀의 얼굴을 가만히 응시했다. 그녀가 얼마나 깊은 고민 끝에 내놓은 결정인지 마음 깊이 알고도 남았다. 그녀의 얼굴엔 굳은 결의가 담겨 있었다. 끝까지 땅에 남아 있던 눈의 뿌리가 봄빛에 녹듯 내 마음도 깊은 곳에서부터 사르르 녹아내림을 느꼈다. 몸을 일으킬 수만 있다면 당장 그녀를 와락 껴안고 싶었다. 그 대신 두 손에 힘을 주고 그녀의 손을 꽉 잡았다. 지금 닿을 수 있는 게 이 정도뿐이라는 게 안타까웠다.

고마워 정말.

쥐고 있는 그녀의 손에서 전해지는 온기를 느끼며 나는 말했다. 언어가 형태를 만들어 비눗방울 모양으로 동글동글 천천히 공중에 오르면서 팡팡팡 터지는 모습이 그려졌다.

하지만 나 거절을 받아들일래.

그녀는 깜짝 놀라 내 얼굴을 바라보았다.

자기 말처럼 우리가 열심히 노력하면 이 아이를 행복하게 해줄 수 있을지도 몰라. 자신의 선택이 잘못되었다고 여길 만큼 행복하게. 하지만 그것만으로는 역시 안 될 것 같아. 한 사람의 인생에 있어 시작의 시작부터 자신의 의사가 무시당했다는 사실을 알게 된다면 이 아이에게는 평생 풀리지 않는 저주가 될 거야. 나는 내 아이의 탄생에 저주가 아닌 축복을 주고 싶어. 진심으로 축하해주고 싶어. 그게 바로 우리의 첫 마음이고 합의 출생제도가 지키려는 가장 큰 유산일 테니까.

이 아이 낳고 싶었던 거 아니었어?

낳고 싶어. 너무너무 낳고 싶어. 아이 얼굴을 보고 싶고 막 태어나 빨갛고 쪼글쪼글한 얼굴로 첫울음을 터뜨린 아기를 만져보고 싶어. 방금 전의 통증이 본진통이 아니란 게 억울할 정도로.

말을 하는 동안 목이 메였다.

하지만 그건 내 이기적인 마음일 뿐임을 겨우 인정할 수 있게 되었어. 이러면 노동력이 필요해 아이를 낳았던 옛날 사람과 다를 바 없어. 그건 인간의 존엄을 부정하는 일이야.

그렇게 말하는 동안에도 나는 줄곧 배를 쓰다듬었다. 언니가 말했듯 옆으로 누우면 부푼 배가 작은 언덕처럼 보였다. 소중한 보물이 들어있는 생명의 언덕. 내가 대신 저주에 걸려도 상관없으니 이 보물에게 최대한의 축복을 건네고 싶었다.

정말 괜찮겠어? 그게 옳은 결정이라고 생각해?

그녀의 질문에 베개에 묻힌 머리를 흔들며 대답했다.

무엇이 옳은 건지, 어떤 걸 믿어야 할지 모르겠어. 하지만 이게 이 아이를 위해 내가 할 수 있는 유일한 선택이라는 생각이 들어.

다시 정적이 찾아왔다. 벽에 걸린 시계의 초침이 돌아가는 소리가 들렸다. 어느 방에선가 신생아의 요란한 울음소리가 들려왔다. 분명 그건 축복의 울음소리다.

　이번엔 내가 임신수술을 받을게.

　카오리가 불쑥 말을 꺼냈다. 그렇게 말하는 그녀의 옆모습이 어딘지 모르게 쓸쓸해 보였다. 나는 다시 한번 그녀의 손을 잡고 미소를 지었다.

　그땐 그 아이가 태어나는 것에 동의해 줬으면 좋겠다.

　세상에 나온 아기의 울음소리가 좀처럼 멈추지 않았다. 중간중간 남자의 흐뭇한 웃음소리도 들려왔다. 지금 이 순간에도 세상엔 수많은 생명이 태어나고 있다. 그것이 더없는 희망처럼 느껴졌다.

역자의 말

어릴 적 '환상특급(In the Twilight Zone)'이라는 제목으로 방영되었던 미국 드라마를 무척 좋아했다. SF나 판타지적인 요소가 가미된 짧은 이야기들로 이루어진 시리즈였는데, 결말에 이르면 서늘한 반전과 날카로운 충격을 안겨주었다. 그래서인지 환상특급이 방영되는 시간이 가까워지면 TV 앞에서 꼼짝하지 않고 대기 했다. 오랜 시간이 흘렀어도 여전히 기억하는 스토리가 한둘이 아닌 걸 보면 요샛말로 '찐 팬'이었음에 분명하다.

'리 고토미' 작가의 '너를 기다리다'를 번역하는 동안 어릴 적 보았던 '환상특급' 시리즈 중 몇 번째 에피소드였는지 정확하진 않지만 '시험 날(Examination Day)'이라는 제목의 이야기가 떠올랐다.

미래의 어느 국가가 배경이고 이곳에서는 모든 어린이가 12살이 되면 어떤 시험을 반드시 치러야 한다. 주인공 소년은 드디어 시험 보는 날이라며 들뜬 마음으로 시험장으로 향하지만, 소년을 바라보는 부모의 표정은 근심으로 가득하다. 그날 저녁 소년은 집에 돌아오지 않는다. 부모에게 전송된 정부 통지서에는 귀하의 아들은 지능지수가 기준 미달이라 법에 따라 제거되었다며 시신을 찾아가라는 내용이 담겨 있다. 부모의 오열과 함께 이야기는 끝이 나는데 결말이 너무도 충격적이었던 나머지 오랫동안 잊을 수가 없었다. 아무리 미래가 배경이라지만 누군가의 인생이 국가 혹은 그에 준하는 어떤 거대 기관에 의해 지속될 수도 또 그렇지 않을 수도 있다는 사실이 어린 내게는 이해의 영역에서 아득히 멀리 떨어져 있었다. 그런데 그 정도로 충격적인 이야기를 수십 년 만에 다시 만나게 될 줄은 몰랐다. 그것도 내가 번역하는 소설로 만나게 될 줄이야!

삶의 절반쯤을 보낸 내겐 독특한(?) 이력이 있다. 하나는 아이가 생기자마자 유산으로 잃은 경험이고 다른 하나는 인생에서 맞닥뜨린 고난이 괴로워 목숨을 놓으려 시도한 것이다. 유산은 내 힘으로 막을 수 없었고 삶을 포기하려던 시도는 실패했다. 이 두 가지 경험으로 나는 인생을 완전히 달리 보게 되었다. 모든 이의 삶은 똑같이 소중하며 삶이라는 길 위에서 생존에 대해 어떤 선택을 해도 타인이 그걸 재단할 수 없다는 사실이다.

소설 속에서 주인공은 자신이 옳다고 굳게 믿었던 신념을 의심하게 된다. 신념을 따르게 되면 슬픈 결정을 해야만 하고 신념을 거스르면 자신이 가장 소중하게 여겨온 존재를 부정하는 일이 된다. 한 아이의 엄마로, 삶을 놓으려 했던 경험이 있는 한 사람으로, 내가 주인공과 같은 처지가 된다면 과연 어떤 결정을 할까? 그 고민은 번역이 끝난 지금까지도 진행형이다. 다만 한 가지는 확실하게 말할 수 있다. 주인공이 어떤 결정을 했더라도 그건 스스로 내린 선택이고 마땅히 존중받아야 한다는 점이다. 내가 겪은 과거의 경험이 단순히 동정이나 비난의 대상이 되어서는 안 되는 것과 마찬가지로.

인간은 늘 '희망'을 좇는 존재임을 나는 굳게 믿는다. 또 앞으로도 내내 그러할 것이다.

2024년 11월, 서울에서

너를 기다리다

1판 1쇄   2025년 1월 28일

지은이   리 고토미
옮긴이   서지은
편집   김효진
교열   이수정
디자인   최주호
펴낸곳   마르코폴로
등록   제2021-000005호
주소   세종시 다솜1로9
이메일   laissez@gmail.com
페이스북 www.facebook.com/marco.polo.livre

ISBN   979-11-92667-71-3   03830